로크미디어가
유혹하는
재미있는 세상

운현궁의 주인

운현궁의 주인 7

2017년 3월 31일 초판 1쇄 인쇄
2017년 4월 5일 초판 1쇄 발행

지은이 화명
발행인 이종주

기획 팀 이기헌 송윤성 왕소현
책임 편집 이정규

발행처 (주)로크미디어
출판등록 2003년 3월 24일
주소 서울시 마포구 성암로 330 DMC첨단산업센터 3층 314호
Tel (02)3273-5135 **Fax** (02)3273-5134
홈페이지 rokmedia.com **E-mail** rokmedia@empas.com

| 화명 장편소설 |

운현궁의 주인

7

로크미디어

차 례

1장

  새로운 사무소로 옮기고 가장 큰 변화는, 기존의 사무소에서는 2층 한곳에서 모든 요원이 근무했는데 이번 사무소는 2, 3층으로 나뉘어 근무한다는 점이다.

  딱히 계급의 상하는 고려하지 않고, 각자 담당하고 있는 국가와 업무별로 나뉘었다.

  한 층의 크기는 이전 사무소보다 좁아졌지만, 두 개 층으로 나뉘니 실제 사용하는 크기는 더욱 넓어졌다.

  그리고 3층에는 심재원과 내가 사용하는 방이 따로 마련됐다.

  그 방을 따로 마련하게 된 데에는 이유가 있었다.

  비밀이 필요한 대화를 할 때에 업무를 보던 요원을 1층으로 내려보내고 대화하는 게 비효율적으로 느껴졌기 때문이다.

"영국으로 보내는 편지는 발송했나요?"

안가에 있으면서 심재원과 몇 번의 의견 교환을 거쳐 만든 편지를 안가에서 나오기 전날에 보냈기에 물었다.

"아직 발송하지 않았습니다. 내일모레 미국으로 떠나는 정기편에 실릴 예정입니다, 전하."

"아직 인도를 통하는 선은 사용할 수가 없나요?"

미국으로 가는 정기편을 이용하면, 이곳에서 하와이, 샌프란시스코를 거쳐 뉴욕까지 가서 다시 영국 런던으로 가야 했다.

그렇게 가자면 빨라도 3주 이상의 시간이 걸리고, 일정이 꼬이면 한 달이 넘게 걸리는 먼 거리였다.

하지만 이곳에서 인도로 가는 중화민국의 군사 편을 이용하면 아무리 길어도 2주면 영국에 도착할 수 있었다.

"이제 곧 우리 요원이 뉴델리에 도착할 것입니다. 그곳에서 캘커타로 가는 것은 얼마 걸리지 않으니, 이동하자마자 SOE(영국특수공작대) 콜린 맥켄지Colin H. Mackenzie와의 협상을 시작할 것입니다. 그곳에서 협상이 잘되면 한 달 정도면 영국군의 비행기를 이용할 수 있을 것입니다, 전하."

요원을 그곳으로 파견하면서 불확실성이 강한 인도에서의 SOE와의 협상에 모든 것을 걸지는 않았지만, 기대를 하고 있는 것은 사실이었다.

아직 그 유용성을 체감하지 못한 영국의 정치가들보다는 실제로 대일對日 전선에서 대한인들의 유용성을 자신이 직접 확인한 사람과의 협상이 더 빠르게 진행될 수 있었다.

"영국에서 정진함 상임이 보내온 마지막 편지에서는 영국 보수연합당(Conservative and Unionist Party)의 의원을 통해 내각과 접촉하는 데 성공했다고 들었는데, 너무 늦게 협상이 되지 않을까 걱정이네요."

김가진의 아내인 정정화를 통해 소개받은 한지윤 의학박사와 처음 접촉할 때에는 그녀를 통해 우리 요원이 영국에 머물 수 있는 곳을 마련하려는 것이 목적이었다.

그런데 직접 접촉하고 보니 그녀의 남편이 하원의원의 보좌관으로, 정치에 직접 관여를 하고 있는 사람이었다.

그래서 어디서부터 시작해야 하는지 몰랐던 영국에서의 활동이 그의 조언과 더불어 그가 모시고 있는 의원과 접촉하면서 빠르게 진행되고 있었다.

그래도 기존의 역사보다 일찍 전쟁을 끝내기로 마음먹고 나니 하루하루가 흘러가는 게 마음을 무겁게 했다.

"곧 좋은 소식이 있을 것입니다, 전하. 미국에 비해서 우리가 활동하는 기반이 약해서 어쩔 수 없이 늦어지는 것이니, 너무 걱정하지 마시고 마음 편안하게 가지십시오, 전하."

"알겠어요."

내가 조바심을 낸다고 문제가 빠르게 해결되는 것이 아니라는 것을 머리로는 알았지만, 가슴에서 느끼는 것이 달라 답답한 마음이 들었다.

며칠이 지나자 우리의 기대와는 다르게 영국에서의 일보다 다른 쪽에서 내가 드리운 낚싯대의 미끼를 물었다.

소련과 연락을 담당하는 요원이 급하게 온 것인지 상기된 얼굴로 나와 심재원이 있는 방문을 두드리고 들어왔다.

아직 소련과 직접 협상을 미국이 진행하고 있었고, 미국에서 주둔 허가에 관련된 서류가 온 것이 없어 혹시 무언가 잘못된 것인가 하고 놀란 마음을 가지고 그를 바라봤다.

"무슨 일인가?"

"전하, 소련의 보급선이 쿠릴열도에서 침몰한 것 같습니다. 벌써 세 척 이상이 침몰해 블라디보스토크에 도착해야 하는 배가 도착하지 않았습니다."

중립조약을 체결했다고는 해도, 양국은 엄연히 적국이다. 소련의 배가 일본의 영해를 통과해 미국의 식량과 옷 등을 나르는 게 이상했지만, 기존 역사에서는 이 부분에서 교전이 일어나거나 하지는 않았고 전쟁 종료까지 모든 물자의 50퍼센트를 넘는 물자를 운반한 루트였다.

그런데 벌써 세 척이 침몰했다면 안 그래도 그리 배가 많지 않은 소련의 입장에서는 미국에서 물자를 받아 오는 것에

빨간불이 켜진 것이었다.

배도 문제였지만 넓은 땅을 가지고 있어도 대부분의 땅이 동토凍土라 항상 식량을 비롯한 물자 부족에 시달리는 소련 으로서는 거의 모든 식량을 운반하던 루트가 끊어진다면 전 쟁이 문제가 아니라 내부적으로 말라 죽을 수 있는 상황이 었다.

"적국의 영해를 지나서 가져오는 것인데, 언제든 생길 문 제가 아니었나?"

내가 어느 정도 유도한 부분이 있었지만, 처음 듣는 것처 럼 요원에게 말했다.

"소련은 적국의 바다이기는 하나 중립조약을 맺은 상태라 이런 문제가 발생할 것이라고는 생각하지 않았던 것 같습니 다. 처음에 배가 들어오지 않자 혹시 사고가 난 것이 아닌가 하고 걱정하던 사람들이 들어와야 되는 배가 세 척이나 예정 일에서 일주일이 넘도록 들어오지 않자 일본이 중립조약을 깨고 공격한 것이 아닌지 심각하게 생각하기 시작했습니다."

"시간이 문제였지 언제든 일어날 일이었네. 광무대는 내 지시대로 6개월은 버틸 물자를 확보하였는가?"

처음 곽재우를 그곳으로 보내면서 당부한 것이 항상 6개 월 이상 버틸 식량은 확보하라는 것이었다.

전쟁이 시작되고 나면 어떤 문제가 발생해 식량을 확보하 지 못할지 알 수 없어 지시했던 것이다.

이 일을 처음 구상하고도 그에게 편지를 보내 식량을 확보할 것을 지시했었다.

"설립 초기부터 이미 확보해 순환적으로 물자를 사용해서 지금은 8개월 정도는 버틸 수 있는 식량을 확보했습니다, 전하."

내가 대답을 듣고 나서 고개를 끄덕이고 별말 없이 앉아 있자 옆자리에 있던 심재원이 요원에게 물었다.

"그럼 지금 블라디보스토크의 상황은 어떤가?"

"이미 블라디보스토크 시내에서도 물자 부족이 시작되었습니다. 세 차례 이상 물자를 실은 배가 들어오지 않자 소련에서 배급하는 식량의 양이 확연히 줄어들었습니다. 이런 상황이 지속된다면 블라디보스토크도 문제이지만, 독일과 전선을 맞대고 치열하게 전쟁하고 있는 전선에서는 엄청난 타격이 올 것입니다, 사무."

"소련이 얼마나 버틸 수 있다고 생각하나?"

앞으로의 파장이 어느 정도 될 것인지 예측하기 위해 내가 요원에게 물었다.

"그 부분에 대한 보고서는 여기 있습니다. 아직 완벽한 조사가 끝난 것은 아니나, 지금 일어나고 있는 일이 급박하게 느껴져 급히 마무리해서 가져왔습니다. 그래서 부분적으로는 오차가 큼을 고려하시고 참고 사항으로 읽어 주시고, 조금 더 세세한 보고서는 3개월 내로 작성해 올리겠습니다,

전하."

"알겠네."

내가 보고서를 대충 훑어보자 요원은 천천히 설명하기 시작했다.

"일단 지금 당장은 괜찮을 것입니다. 아직 북극의 얼음이 녹아 생긴 북극 항로가 유지되고 있어 미국과의 교류가 가능한 상태입니다. 하지만 얼음이 얼기 시작하는 9월이 지나고 나서부터는 항로가 폐쇄되어 본격적으로 물자 부족을 겪을 것입니다. 조사를 명하셨던 레닌그라드도 지금의 예상으로는 11월 전에 물자 부족으로 점령당할 것으로 내다보고 있습니다. 북부 전선뿐 아니라 남쪽의 전선도 지금과 같은 전선을 유지하기 힘들어질 것입니다. 북극 항로가 폐쇄되고 블라디보스토크를 통한 보급도 이루어지지 않는다면, 남아 있는 보급로는 서남아시아를 통해 육로로 소련으로 올라가야 합니다. 아프리카는 아직 이탈리아가 막고 있어 지금 안전하게 물건을 수송할 수 있는 보급로는 그곳뿐입니다. 저희가 예상하기에는 다른 항로가 다 막힌다면 이란 제국을 이용해 보급하는 것이 가장 짧은 보급로입니다, 전하."

"알겠네. 보고서를 더 읽어 보고 궁금한 것이 있으면 부를 것이니, 먼 길을 왔을 것인데 쉬도록 하게."

"알겠습니다, 전하."

보고를 마친 요원은 내 허락이 떨어지자 나와 심재원에게 인사하고 밖으로 나갔다.

내가 벌인 일로 드디어 세계 역사가 변하기 시작했다.

기존의 역사에는 전쟁이 끝날 때까지 유지되었던 태평양 항로가 폐쇄되었다.

총이나 탱크 같은 무기를 운반하는 항로는 아니었고, 소련이 일본과 협상하여서 비전투 물품에 한해 소련의 배로 운반한다는 조건으로 이용했던 항로였다.

아직 내가 던진 미끼를 독일이 물어 직접 침몰시킨 것인지, 아니면 독일이 일본과 협상해 일본이 나선 것인지는 알지 못했지만, 분명한 것은 태평양 항로가 막혔는 점이다.

아직 유럽에서 직접 전쟁에 참여하지 않고 중립을 표방한 프란시스코 프랑코 정권의 스페인이 있었지만, 뒤로는 추축국을 돕고 있는 상황이다.

그래서 실질적으로 서유럽에서는 섬인 영국을 제외하고는 연합국에 없었고, 동유럽에 소련만이 유일하게 연합국으로 유럽에서 버티고 있는 상황이었다.

그런데 그런 소련에 보급의 문제가 생기면 제2차 세계대전의 판세가 완전히 달라질 것이다.

이제부터는 내가 알고 있는 역사와 완전히 달라져 예측이 불가능하고, 오롯이 나와 제국익문사의 판단으로만 헤쳐 나가야 하는 상황이었다.

"일본이 그렇게 나오다니 재미있군요."

"그렇습니다, 전하."

보는 눈은 없었지만 연기를 했다.

그도 나도 이번 일은 우리가 방아쇠를 당겼다는 것을 잘 알고 있었다.

하지만 서로 알고 있었던 걸 표시 내지는 않았다. 나도 그의 간곡한 부탁을 기억했기에 모르는 일로 생각했다.

요원이 가지고 온 보고서는 아직 완벽히 만들지 못했다는 말과는 다르게 내용이 엄청나게 자세하게 나와 있었다.

소련의 끝인 블라디보스토크에 있으면서 어떻게 이런 정보를 그 짧은 기간에 수집한 것인지 궁금할 정도로 많은 양이 있었다.

이번 사건으로 발생될 후폭풍 중에서 대한제국에 좋은 영향을 미칠 것으로 예상되는 부분은, 소비에트연방의 병력 중 가장 많은 역량을 쏟아붓고 있는 레닌그라드 공방전이 패배하고 나면 그곳에 투입되지 못한 병력을 동아시아로 돌릴 가능성이 높다는 것입니다.

태평양 보급 항로는 1년 내내 보급이 용이하고, 연결된 철도로 육로로의 이동에도 용이한 유일한 보급로이기에 소련으로서는 더는 지금처럼 동아시아에 관심을 가지지 않을 수 없습니다.

그렇다면 우리는 연합국의 일원으로 소련과 미국의 전쟁 사이에서 큰 역할을 해 제국의 확립을 꾀할 수 있습니다.

지금까지 서방국가의 전쟁 중심은 유럽이었지만, 이제부터는 미국과 소련에 한해서라도 전쟁의 중심은 동아시아와 일본이 될 것입니다.

특히 일본 북쪽의 사할린과 북해도에 대한 지배권은 미국과 소련, 일본 모두 전력을 다해 차지하려고 할 것입니다.

태평양 항로를 재확보하기 전까지는 이란 제국을 통한 육로로 소련에 대한 보급이 이어질 것입니다.

이란 제국이 중립국을 표방하고 있고, 샤(황제)와 민주주의 정치가들의 싸움으로 내부 상황이 어지럽지만, 미국에서 매력적인 제안을 하게 되면 분명 그들은 보급로를 열어 줄 것으로 예상됩니다.

하지만 그 보급로는 오롯이 차로 이동해야 해 시베리아를 건너는 열차보다 거리는 가깝지만 그 비용은 훨씬 막대하고 시간도 더 오래 걸릴 것입니다.

그래서 위에서 예측한 것과 같이 소련은 레닌그라드 공방전에서 패하고 전선을 뒤로 물리는 대신 동아시아에 대한 전력을 강화하고, 일본과의 전쟁에 사활을 걸 것입니다.

"상당히 잘 만든 보고서네요. 심 사무도 한번 읽어 보세요."

나는 다 읽은 보고서를 심재원에게 넘겨주었다.

"감사합니다, 전하."

"그런데 이 보고서를 작성한 사람이 누구입니까? 이 정도로 상세하고, 세계 정치에 대해 관심을 갖기가 힘들 것인데요."

"아마 보고서 작성은 경성의 독리께서 하신 것 같습니다, 전하."

"독리가요?"

평소에도 매번 편지를 주고받고 있는 독리였고 그의 통찰력과 식견이 높다는 것은 잘 알고 있었지만, 새삼 놀라웠다.

그가 직접 자료를 수집했을 리는 없고 수집된 자료로 이정도의 보고서를 만들어 낸다는 것에 감탄하지 않을 수 없었다.

"독리께서는 항상 몸은 경성에 계시지만, 세계 곳곳의 정보에 대해서 수집하고 그 정보를 모아 미래를 예측하는 능력이 대단한 분입니다, 전하."

"그러네요."

심재원의 말에 웃음을 지으면서 대답할 수밖에 없었다.

독리가 대단하다는 것은 잘 알고 있었지만 이건 내 예측을 훨씬 넘어서는 수준으로 느껴졌다.

나는 미래의 기억과 함께 예측을 하지만, 독리는 순수하게 자신의 능력으로만 예측했는데 대단한 수준이었다.

영국과 미국으로 태평양 항로가 폐쇄되었음을 알려 주고, 며칠 동안 별일 없이 지내고 있었다.

7월의 중경은 햇살은 따가웠다. 먼 거리는 아니지만 사무소에서 숙소로 이동하는 짧은 거리를 이동하며 점심의 따뜻한 햇살을 느꼈다.

따뜻한 햇살에 천천히 걸어가다 보니 눈길이 가는 사람이 있어서 잠깐 눈을 그곳에 두었다 옮겼다.

중화민국이 미국과 영국 두 나라와 연합국으로 많은 교류가 있어 중경에 와 있는 동양인이 아닌 이국적인 외모의 사람이 심심치 않게 보였다.

하지만 그건 주로 임시정부와 각국 대사관이 있는 섬이나 중화민국의 정부 청사 근처가 대부분이었다.

그런데 그곳에서 가깝기는 해도 다리를 하나 건너야 하는 이곳에서는 이국적 외모의 사람을 보는 것이 평범한 일은 아니었는데, 진한 갈색 곱슬머리에 강렬한 인상의 이목구비를 가진 히스패닉계 사람이 서 있어서 잠시 눈길이 갔다.

지금 중국에서는 외국인이라면 평생 만나 보지 못한 중국인이 훨씬 많았고, 이국적인 외모로 걸어 다니면 동물원 원숭이처럼 여러 사람이 대놓고 바라봤다.

그래서 내가 잠깐 힐끔거린 것은 별로 특별하지 않았을 텐데, 그는 나를 발견하고 주위에 내 일행 말고는 사람이 없음을 확인하자 내 쪽으로 다가왔다.

그러자 지난 사건 이후 항상 같이 다니는 최지헌과 무명이 그를 막아섰다.

내 뒤에 따라오던 시월이도 내 쪽으로 붙으면서 그 외국인을 유심히 바라봤다.

"무슨 일인가요?"

최지헌이 영어로 그에게 물어보자 그는 잠시 머뭇거리더니 대답했다.

"만나 뵙게 되어 영광입니다, Your Highness(전하)."

그는 어눌하지만 분명한 한국어로 대답했다.

그러자 무명과 시월이가 품속에서 빠르게 총을 꺼내 그를 겨눴다.

"누구냐!"

최지헌은 무명과 시월이보다는 한 박자 늦은 속도로 총을 꺼내 겨누고, 작지만 강한 어조로 물었다.

"하하, 초대받지 못해 경계하실 줄은 알았지만, 총까지 겨눌 줄은 몰랐습니다. 아니면 제 한국어가 그 정도로 끔찍했나요? 인사드리죠. 미국 OSS 동아시아 총책임자 유리 제프리Yuri Jeffrey입니다, 전하."

영국식 법도인 것인지 모자를 살짝 들고 무릎을 살짝 굽히고는 내게 미국식 농담을 던지며 영어로 인사했다.

"내가 누군지 알고 있나? 왜 이러는지 모르겠군."

미국에서 어느 정도 왕족이 관여되었다는 것은 짐작하고 있지만 아직 나를 완벽히 파악하지는 못했다고 생각했는데, 그의 얼굴에 있는 웃음이 이미 나에 대해 파악을 끝냈음을 알려 주고 있었다.

"경계하지 않으셔도 됩니다. 우리 OSS의 전력을 다한 정보력으로도 넉 달이 넘게 걸렸으니, 다른 나라라면 절대 전하에 대한 정보를 알아내지 못할 것입니다, 전하."

유리 제프리라고 자신을 소개한 사람은 처음 말만 나를 만나기 위해 공부한 것인지 한마디만 영어로 하고, 그 이후로는 모두 영어로 말했다.

"여기서 할 말은 아닌 것 같네. 조금 후에 이 사람을 따라오게. 최 통신원은 조금 후에 뒷문을 통해 숙소의 응접실로 데려오게."

이미 나에 대해 파악하고 찾아온 사람을 돌려보낼 수는 없어 대화를 해야 했다. 하지만 그가 나와 함께 가면 너무 이목을 끌어 최지헌에게 따로 말했다.

숙소와 사무소에 대해서 이미 파악하고 있을지도 몰랐지만, 이 사무소로 옮기며 제3의 장소에 만든, 외부인과의 만남을 위한 응접실로 데리고 올 것을 말했다.

"알겠습니다, 전하."

말은 숙소였지만, 응접실이라고 하자 어딘지 알고 있는 최지헌도 빠르게 대답했다.

최지헌을 남겨 놓고 우리는 자리를 옮겼다.

"시월이의 반응 속도도 두 사람과 비슷하더구나 고생했다."

시월이는 내가 없는 한 달이 조금 넘는 기간 동안 피재길 훈련소장에게 일대일로 경호원 교육을 받았고, 지금은 내 옆을 따라다니며 경호와 수행 두 가지를 모두하고 있었다.

지난번에 찬주와의 약속을 지키지 못했다고 생각해서인 것 같았다.

"아닙니다, 전하."

피재길 훈련소장이 요원으로서 엄청난 자질을 가지고 있다고 칭찬했었다. 그때는 입에 발린 소리라고 생각했는데, 눈앞에서 반응하는 속도가 경호 쪽으로 특화되어 있는 무명과 같았다는 것 자체가 피재길의 말이 립서비스가 아니었다는 걸 증명했다.

"짧은 기간인데 제대로 훈련받아서 믿음직스러워."

"감사합니다, 전하."

2장

우리는 점심을 먹으러 가는 길에서 발걸음을 돌려 응접실이 있는 건물로 이동했다.

응접실이 있는 건물은 숙소 근처에 다른 건물이었고, 우리는 정문을 이용해 그 건물의 3층으로 올라갔다.

작은 소파 두 개와 탁자, 입구 쪽에 책상 하나가 놓여 있는 작은 방은 외부 사람과 대화할 때만 사용하는 곳이었는데, 책상에 앉아 사무실을 지키던 요원이 나를 발견하자 인사하고는 밖으로 나갔다.

그가 나가고 그가 앉아 있던 자리에 무명이 앉자, 나는 소파에, 시월이는 내 뒤에서 시립했다.

얼마 지나지 않아 내가 들어온 문이 아닌 다른 문으로 최지헌과 유리 제프리가 들어왔다.

"이쪽으로 앉게."

"감사합니다, 전하."

유리 제프리는 시종일관 웃으면서 대답했다.

"역시 제국익문사는 우리와 같은 일을 하는 사람들이라는 제 예상이 맞았군요."

유리는 자리에 앉고는 주위를 둘러보며 말했다.

"나에 대해 전부 파악한 것 같군."

"최근까지도 확신하지 못했으나, 어제 제대로 확인이 끝났습니다, 이우 전하."

"OSS의 동아시아 총책임자라고 들었는데, 아직 그대에 대한 정보가 부족하군. 내가 그대를 어떻게 믿지?"

이미 나에 대해 파악하고 찾아온 것이라면, OSS 말고는 나에 대해 파악할 만한 곳이 없었다.

중화민국이라면 장제스가 나에 대해 알고 있어 굳이 이렇게 보낼 이유가 없었고, 서방국가 중에서 우리와 제대로 대화가 오고 간 곳은 미국뿐이었다.

"다시 한 번 제 소개를 하겠습니다. 미 전략사무국의 동아시아 총책임자 유리 제프리 'lieutenant colonel'입니다. 대한제국식으로는 '부령副領(현現 중령 계급)'이라는 계급이라더군요. 이번 훈련하는 요원에 대한 정확한 관계 정리가 필요한 것 같아 무례하지만 말도 없이 찾아왔습니다. 그래도 미국에서 이곳까지 먼 거리를 온 사람이니 너무 화내지는 말아 주십시오, 전하."

유리는 영어로 말하는 사이에 내 이해를 돕기 위한 것인지 '부령'이라는 말만 한국어로 말해 주면서 내게 인사했다.

"OSS가 나에 대해 조사하고 있다는 말은 들었는데, 이렇게 직접 찾아올 줄은 몰랐군. 나에 대해 알아냈으면 정식 루트를 통해 찾아와도 되었을 텐데, 이렇게 비밀스럽게 나를 찾아온 이유가 무엇인가?"

"일단 이번 만남은 대외비이긴 하나 공식적인 만남으로 기록될 것입니다. 이렇게 직접 전하를 찾아온 것은 미국의 공식적인 입장을 전달하기 위해서 입니다."

"공식적인 입장? 이미 우리 제국익문사와 OSS는 인데코 작전을 위해 '공식적으로' 협력하는 관계가 아니었던가?"

OSS와 맺은 협정이 공식적인 협정이라는 것을 강조하기 위해 'Officially'를 강조해서 말했다.

"제 말뜻을 전하께서 오해하신 것 같은데, 그 협정에 대해서는 공식적인 협력이 맞습니다. 그리고 제가 직접 찾아온 것은 대한제국의 독립에 관한 세부적인 협상을 하기 위해서 입니다."

유리 제프리는 대한민국 임시정부가 공식적 영어명으로 사용하는 'Republic Of KOREA'가 아닌 대한제국을 뜻하는 'KOREAN Empire'이란 단어를 써서 내게 말했다.

들기에 따라 다르겠지만 이 말은 임시정부는 국가로 인정하지 않는다는 뜻과 같았다.

"대한제국이라……. 전략사무국이라면 이미 내가 임시정부의 군주가 되었다는 것은 잘 알 텐데 굳이 과거의 영광을 꺼내는군."

"물론 그 부분도 알고 있지만, 우리 미합중국은 임시정부가 아닌 대한제국을 우리의 동반자로 선택했습니다. 한반도 내의 유일한 국가는 대한제국이라는 것으로 정했습니다. 그리고 우리가 조사를 하던 중에 아주 재미있는 것을 발견해 보여 드리기 위해 가져왔습니다. 이미 알고 계시는 부분일지도 모르지만, 여기 이것은 고종 황제께서 직접 합의하신 대한제국과 미합중국 간의 보호 협정에 관한 공식 문서입니다."

유리는 웃으면서 문서 하나를 내려놓았다.

이 문서는 대한제국의 모든 중요한 문서를 빼돌린다는 광무제의 뜻에 따라 제국익문사에서도 가지고 있는 것이었고, 나도 본 적이 있었다.

"이게 뭐 어쨌다는 것인가? 필리핀에 대한 야욕을 가지고 있던 미국이 우리 대한제국을 일본에 먹잇감이 되도록 넘겨주면서부터 이미 이 문서의 내용은 지켜지지 않았고 파기되지 않았는가? 우리에게는 대한제국의 자주를 지지한다고 말하고는 뒤로는 일본과 밀약을 했었지. 선대 황제께서는 그것을 알지 못하고, 미합중국의 달콤한 말을 기다리고 있었고 말이야. 이제 와서 옛날 일을 꺼내는 이유가 무엇인가?"

과거의 일이었기에 흥분하기나 하지는 않았지만 그 문서를 내게 보여 주는 그의 의도를 알고 싶었다.

자국의 이익을 위해서 일했던 미국을 욕할 생각은 없어도 상처 입은 당사자에게 상처를 보여 주며 자신들이 낸 상처라 알려 주고 다시금 벌리는 일이 기분 좋을 리 없었다.

"그 당시는 그럴 수밖에 없었습니다. 너무 화내지 마십시오. 제가 이 문서를 보여 드린 이유는 그런 것보다는 다른 이유 때문입니다. 우선 여기 이 문서를 보십시오. 이것은 일본에게서 가져온 문서인데, 대한제국의 외교권을 박탈한 이후에 체결된 문서입니다."

가쓰라—데프트 밀약이 비밀스러운 일이었으면 놀랐겠으나, 이미 미국 학자에 의해 발견되고 밝혀진 사실이라 내가 그 밀약을 언급해도 유리는 별달리 놀라지 않았다.

그러고는 자신의 가방에서 다른 문서 몇 개를 꺼내 올려놓았다.

올려놓은 파일에는 일본어와 한국어로 적혀 있는 공식 문서가 몇 장 들어 있었다.

아무리 30여 년 전의 문서라지만 공식 문서일 텐데 그가 가지고 있는 게 신기했다.

그런 눈으로 문서를 바라보니 문서에는 대한제국이 가진

광산의 권한과 황실의 양곡에 대한 반출 권한을 양도한다는 내용이었다.

"우리 제국이 일본에 굴복했다는 것을 확인시키기 위해 보여 준 것인가?"

"아닙니다. 전하. 여기 이 부분을 보시면 미국과의 조약에서 사용했던 대한제국의 국장과 일본과의 협약에서 찍은 국장의 크기가 약간 다르지 않습니까?"

이 부분은 나만 알고 있는 것이었다.

제국익문사도 알지 못하고, 아버지 의친왕도 알지 못하는 광무제와 융희제 그리고 나까지 단 세 사람만 알고 있는 진실이었는데, 미국에서 온 유리 제프리가 말하자 놀랄 수밖에 없었다.

일본의 침략 의지가 높아지자 광무제는 국새를 모두 숨기고, 비밀리에 새로운 국새를 만들어 냈다.

그 국새는 기존의 국새보다 약간 작은 사이즈로, 절대 본인은 찍지 않았고, 일본이 협박하면 마지못해 내어 주는 식이었다.

공식적으로는 우리나라의 국새가 찍히지 않았다는 작은 반항과 후에 우리가 독립하고 나면 일본을 압박하고 협약에 대한 불합리성을 주장하기 위한 작은 저항이었다.

그런데 이 비밀을 미국에서 온 유리 제프리가 지적하자 나도 그를 다르게 볼 수밖에 없었다.

하지만 그에게 내 마음을 숨기고 무표정한 얼굴로 되물었다.

"그게 어쨌다는 것인가? 미국보다 못한 약소국이었지만, 아국도 13과顆(인장을 세는 단위)의 국새가 있었네. 사용처가 다르긴 하지만 크기도 조금씩 다르고. 외교권이 침탈당하고 나서는 우리 제국이 정상적인 상황은 아니었으니 서로 다른 국새로 찍었다고 해도 이상한 것은 아니지 않은가?"

나는 최대한 대수롭지 않다는 표정과 몸짓으로 대답했다.

"우리 쪽에서 면밀히 검토한 바로는 정확히 일본 제국의 외교권 박탈 문서부터 다른 크기의 국새 인장이 찍혀 있었습니다. 유추에 불과하지만 대한제국이 공식적으로 아직 없어지지 않았다고 생각해 볼 수 있는 증거로 보입니다. 만약 전하께서 원하신다면 우리는 대한제국을 연합국의 일원으로 받아들이고, 함께 대한제국의 독립을 위해 노력하고 싶습니다, 폐하(Your Majesty)."

왕에게 붙이는 'Your Highness'가 아닌 황제에게 붙이는 'Your Majesty'로 대화를 마친 유리 제프리는 마치 내가 대한제국의 황제임을 확신하는 듯한 표정으로 나를 바라봤다.

"폐하……. 지금 자네의 말이 내게는 아주 실례라는 것을 알고 있는가?"

이미 국새에 대해서 확신을 가지고 온 그에게 내가 직접 대답해 줄 이유는 없어 다른 쪽으로 말을 돌렸다.

"아직 즉위식을 하시지 않았을 뿐 실질적으로는 대한제국의 유일한 후계자이시니 저와 미합중국은 실례라고 생각하지 않습니다."

"대한제국을 독립시키겠다라……. 지금 당신이 무슨 말을 내뱉고 있는지 알고 있는 건가?"

지금은 우리의 힘으로는 독립이 요원하니 강대국의 힘을 빌려야 했다.

그래서 미국의 제안은 아주 기쁜 일이었지만, 갑작스러운 미국의 태도 변화의 계기가 무엇인지 알아내기 위해 어떤 질문을 던져야 할지 생각했다.

최대한 본심을 숨기고, 약간의 노기를 띠고 말했다.

"이미 미스터 프레지던트Mr. President에게 재가를 받은 사항입니다. 전하에 대한 정보를 파악한 이후 바로 어제 OSS의 대표인 도노반 국장님께서 미스터 프레지던트와 독대하고 직접 재가를 받은 사항입니다."

아무리 생각해도 미국이 우리에게 이렇게 좋은 조건을, 우리가 제시하지도 않았는데 이런 식으로 자진해서 제시하는 것은 분명 무언가 이유가 있을 것 같았다.

그 뒷면을 알아내야 했다.

"엄연히 임시정부라는, 대한민국 국민들의 지지를 받는 정부가 있고, 우리 황실도 그들을 인정하기로 했는데 이제 와서 대한제국을 들먹이는 것은 오히려 분란을 만드는 일이라고 생각하지 않는가?"

"임정이 지지를 받고 있다고 생각하십니까? 미국은 일본과 사이가 틀어진 1930년대 후반부터 중화민국과 함께 임시정부를 지원하기 위해 조사했지만, 몇 가지 문제를 발견해 지원하지 않았습니다."

유리 제프리는 의자 끝에 앉아 허리를 곧게 펴고는 내게 말하며 웃었다.

그의 표정에는 마치 나도 잘 알고 있지 않느냐는 뜻이 포함되어 있는 듯했다.

"몇 가지 문제라……. 민간이 모여서 만들어진 정부이니 미국 입장에선 미흡해 보일지는 모르나, 이제 막 시작하는 국가의 정부로는 부족함이 없다고 생각하네."

나도 지금의 임시정부가 이대로 지속되면 제대로 된 환국이 힘들 것 같다는 생각에는 동감했지만, 그의 속뜻을 끌어내기 위해 그의 말을 부정했다.

"정말 그렇게 생각하십니까? 지금의 임정은 기본적으로는 여당인 한국독립당이 장악하고 있는 것으로 보이지만, 내, 외부적으로 보면 서른 개에 가까운 독립운동 단체들이 난립하고 있습니다. 그리고 지금 한반도 내에서 임시정부를 한반도 유일의 정부라고 생각하는 사람은 소수입니다. 이런 임시정부가 과연 우리 나라와 제대로 된 협력 관계를 만들 수 있다고 생각하십니까?"

내가 생각한 대로 OSS의 판단은 임시정부를 한반도 유일의 정부로 인정하지 않겠다는 것이었다.

그들의 판단이 완전히 틀린 것도 아니어서 내가 할 말이 없었다.

"내가 임시정부에 힘을 실어 준다면 이야기는 달라지겠지."

"그렇기는 합니다. 하지만 미합중국과 전하가 모두 임시정부를 지지하게 되면 다른 독립 단체의 반발을 불러올 것입니다. 그렇게 되면 지금은 잠시 소강상태인 독립 단체 사이의 분란을 불러올 것입니다. 당장 미국에서도 하와이의 대한인국민회는 임시정부를 지지하지 않고 있습니다."

"내가 지지를 하는 데에도 반발을 불러온다면, '대한제국'이라도 그들은 반발하겠지."

"그렇지 않을 것입니다. 정통을 계승한 정부와 대한제국 그 자체는 다른 것이니까요."

유리 제프리는 고개를 저으며 말했다.

"그래서 하고 싶은 말이 무엇인가? 갑자기 나를 찾아온 것도 모자라 이제는 나보고 대한제국을 되살리고 허울뿐인 황제가 되라는 말인가?"

임시정부를 어떻게 대중의 지지를 받을 수 있게 할 것인가는 실제로 나와 독리, 심재원 사무 세 명이서 항상 고민해 왔던 부분이었다.

그래서 국내의 여운형에게 힘을 실어 주고 있었다.

그 때문에 그의 지적에도 그다지 화가 나지는 않았다. 하지만 나는 앞서 보였던 노기에 이어 이제는 본격적으로 화가 난 목소리와 표정을 더해 그에게 말했다.

"제가 드리는 말씀은, 미합중국의 공식적인 의견은 이렇게 어둠 속에 있을 것이 아니라, 대한제국과 전하가 전면에 나서 해외의 흩어진 대한인의 힘을 한곳으로 모아 폭발시켜야 한다는 것입니다, 전하."

결국 원했던 대답은 듣지 못했다. 하지만 그가 무엇 때문에 나를 찾아와 말하는 것인지는 느껴졌다.

"대한인의 힘이라고 해도, 지금 대한인의 힘으로는 전황을 뒤집을 정도는 아닌데, 그대가 이리 내게 와서 말하는 의도를 알 수가 없군."

약간의 짐작은 되었지만 그 부분을 확인하기 위해 다시 한번 물었다.

"저와 OSS는 대한인이 단결된 힘으로 미국의 입장에 서 준다면, 이 전황이 달라질 것이라고 생각하고 있습니다, 전하."

그의 말을 그대로 들을 수도 없었지만 이때까지 그가 한 말의 속뜻을 파악해야 했다. 그리고 지금까지의 대화로 어느 정도는 짐작이 됐다.

지금 미국은 세계대전의 판세가 심상치 않아 보인다고 판단한 것으로 짐작됐다.

며칠 전 보고받았던 소련 보급선의 침몰이 소련의 전황을 나쁘게 만들었다.

그리고 태평양에서 연전연패를 거듭하던 미국이 미드웨이 해전으로 이제야 반격의 실마리는 찾았으나, 일본을 이기기까지는 너무나도 많은 시간이 필요했다.

미국 본토의 모든 공장이 전쟁 체제에 들어가 군수품 생산에 주력하고 있다지만, 그 효과가 나오려면 최소 1년은 더 걸린다.

전황을 뒤집을 정도의 군수품은 탱크나 비행기, 함선, 항공모함 같은 제작 기간이 오래 걸리는 것들이었다.

하지만 지금에 소련 입장에서는 그런 시간을 기다릴 수 없었고, 특히 유럽에서 소련이 완전히 밀려나면 그다음은 영국이었다.

영국까지 무너지게 되면 미국은 태평양과 대서양 양쪽으로 일본과 독일의 공격을 받아 내야 하는 상황이 벌어질 수도 있었다.

일본과의 단독 전쟁이라면 쉽지만 독일까지 합세하면 미국도 마냥 낙관만 할 상황은 아니었다.

"내가 그런 생각을 안 했을 것 같나? 나 역시 전면에 나서서 활동하면 대한인을 더 쉽게 모으고 대중의 지지를 받을 수 있다는 걸 잘 알고 있네. 하지만 그렇게 되면 일본이 가만히 있을 것 같나? 나에 대한 경계가 강해지고, 한반도와 만주의 대한인들에 대한 핍박이 더 심해지겠지."

"하오나 감수해야 하는 부분입니다. 우리 나라에는 '당신이 실수하지 않으려면, 아무것도 하지 않으면 됩니다.'라는 격언이 있습니다. 망설이시기만 하시면 대한인에게 더 힘든 일은 생기지 않겠으나, 그렇게 되면 앞으로 나아갈 수도 없습니다. 어느 정도의 희생은 감수해야 합니다, 전하."

"나는 우리나라 사람의 희생을 최소한으로 할 생각이네. 자네가 짧은 시간 안에 나에 대해 파악하고 어떤 계획을 꾸미고 있는지 모르겠으나, 나 역시 독립 전쟁에 대한 계획을 세우고 있네."

말을 마친 내 눈에 방구석의 나무 상자에 들어 있는, 지난 춘절에 사용하고 남은 것으로 보이는 붉은색 폭죽 더미가 들어왔다.

그래서 내가 자리에서 일어나 그 폭죽을 가지러 가자 유리 제프리가 무슨 일인가 하는 놀란 눈으로 나를 바라봤다.

그의 시선을 뒤로하고 폭죽 상자로 다가가서 두 개의 폭죽을 끊어 냈다.

이지훈일 때 어린 시절 가지고 놀았던 일명 '피리빵'이라는 폭죽과 비슷한 형태의 폭죽이었다.

그리고 그 근처에 있는 작은 목각 인형도 하나 가지고 왔다.

"이 작은 폭죽을 이렇게, 이렇게 밖에서 터트리면……."

그렇게 말하면서 목각 인형 위에 폭죽 두 개 중 하나를 올려놓고, 성냥에 불을 붙여 폭죽으로 가져갔다.

펑!

"작은 그을음이 생길 뿐이지."

유리 제프리는 갑자기 터진 폭죽의 소리에 놀란 표정으로 나를 바라봤다.

그런 그를 무시하고는 나는 목각 인형의 팔 부분을 뽑아내고 그 안쪽으로 아까 바깥에서 터트린 폭죽과 똑같은 폭죽을 조심스럽게 집어넣었다.

"하지만 말이야 같은 크기의 화약이라도 이렇게 내부에서……."

말을 하면서 아까와 같이 성냥을 켜 폭죽에 붙였다.

펑! 타닥, 타라라락.

아까는 작은 폭죽에 그을음만 생겼던 목각 인형은 내부에서 터진 폭발로 완전히 산산조각이 났다.

나도 내부에서의 폭발이 더 강해 어느 정도 부서질 것은 예상했지만 이 정도로 산산조각이 날 것이라고는 생각지 못해 조금 놀라다 내 시야를 가리는 시월이의 팔에서 웃음이 났다.

대화하는 내내 내 뒤에 서 있던 시월이가 폭발이 크게 날 것 같으니 빠르게 내 얼굴이 다치지 않도록 팔을 뻗어 막은 것이다.

"터지게 되면 그 효과는 밖에서 터졌을 때와는 차원이 다르지. 내가 원하는 것은 이것이네."

놀라지 않은 듯 자연스럽게 이어서 말했다.

내가 말을 시작하자 금방 시월이는 팔을 치워 다시 유리 제프리가 보이게 했다.

유리 제프리는 나의 행동에 놀란 것인지 이곳에 오고 시종일관 걸려 있던 그의 미소가 사라지고 굳은 표정으로 나를 바라봤다.

그의 무릎 위에는 산산조각 난 목각 인형의 잔재들이 남아 있었다.

"내가 어둠 속에서 머무르는 이유는 내가 가진 힘을 가장 강력하게 사용하기 위해서네."

"전하의 말씀은 잘 알겠습니다. 하지만 그 힘이 너무 늦어지면 안 됩니다. 미합중국이 전하께 드릴 수 있는 시간은 그리 길지 않습니다, 전하."

금방 그의 말로 미국이 이렇게 급하게 움직인 데에는 소련 보급선 침몰이 있다는 것을 확신하게 됐다.

"9월까지인가?"

블라디보스토크의 요원이 와서 보고한 내용에 따라 북극 항로의 폐쇄 날짜를 말했다.

그러자 이번에는 굳은 얼굴이 아닌 표정이 잠시 꿈틀거렸다 금방 다시 원래의 웃는 얼굴로 돌아왔다.

짧은 순간이었지만 분명히 보았다. 이때까지 표정 변화가 거의 없던 그의 표정 변화는 내가 찌른 말이 그에게 아픈 말이었다는 뜻이었다.

내가 말한 9월이 분명 그들 계획의 데드라인이었고, 그 뜻은 이란 제국과의 협상을 완벽히 자신하지 못하거나 아직 협상을 시작도 못 했다는 것이다.

지금이라면 내가 가져올 수 있는 것을 최대한으로 계산해 그에게서 뜯어내야 했다.

"그렇게 빠르지는 않습니다. 그래도 겨울이 오기 전에는 일본의 기세를 꺾어야 합니다."

"일본의 기세를 꺾는 것이야 미국이 할 일이고, 우리는 불의의 일격을 줄 것이네. 겨울이라…… 시간이 촉박하군. 그런데 어제 나에 대해 정확히 파악했다고 했는데, 언제 미국과 연락해 대한제국을 연합국의 일원으로 받아들인다고 결정했는가?"

일단 내가 얻어 낼 수 있는 것을 파악하자면 그가 미국과 어느 정도로 긴밀하게 연락하는지를 알아야 했다.

"이곳 중경에는 워싱턴과 직접 연락이 가능한 통신수단이 많이 있습니다. 어려운 일은 아니지요."

"그렇다면 그 통신 내용은 나를 연합국으로 받아들이고, 받아들이는 조건은 내가 전면에 나서는 것이었나?"

"그런 내용도 있었습니다……. 이렇게 물어보시는 저의가 무엇입니까?"

그런 내용도 있었다는 걸 다르게 말하면 그 내용뿐 아니라 다른 내용도 많이 있었다는 것으로도 해석됐다.

"OSS의 동아시아 총책임자가 과연 어느 정도의 권한까지 가지고 나를 만나러 왔는지가 궁금하네."

나는 가만히 그를 노려보면서 말했다.

그는 내가 9월을 말했을 때 딱 한 번 흔들린 이후 다시 웃음으로 일관하면서 나를 바라봤다.

"저는 전하에게 연합국으로 대한제국이 함께하시면 어떨까 하는 제안을 하러 온 것입니다. 양쪽의 말씀을 전할 뿐 어떤 것도 결정할 수 있는 사람은 아닙니다, 전하."

작은 '밀당'인 것인지 아니면 완전히 닫아 버린 것인지 알 수 없었으나 조금 전까지만 해도 나에 대해 궁금한 것을 가지고 있었는데, 그는 갑자기 한 발을 빼면서 자신은 아무런 결정 권한이 없음을 강조했다.

"내가 연합국의 일원으로서 전면에 나서 주기를 바라서 그대가 온 것으로 아는데, 아무것도 안 가지고 나를 보러 왔다는 말인가?"

내 말을 듣고 나서야 그는 아차 하는 얼굴이 되었다.

이미 앞의 대화에서 그가 어느 정도 권한을 가지고 왔다는 것을 뉘앙스로 풍겼으니 대화가 자신의 뜻대로 안 된다고 발을 빼 봤자 소용이 없었다.

"제가 결정할 사항은 아닙니다."

"알겠네. 내가 말해 줄 수 있는 건, 나는 일본 안에서 폭죽을 터트릴 생각이네. 그 시점과 정확한 내용은 나중에 세부적인 협상을 하면서 이야기하지. 어쨌든 한 가지 분명히 하고 싶네. 내가 전면에 나서면 미국은 나를 지지하겠다는 것으로 알아들어도 좋겠는가?"

더 그를 압박하고 싶었으나, 그가 완전히 방어적인 자세로 돌아선 지금에서는 더 이야기해 봐야 소용없게 느껴져 나도 더는 그를 압박하지 않고 내가 줄 수 있는 것을 말했다.

"전하께서 전면으로 나서신다면, 미합중국은 전하의 뜻을 지지할 것입니다."

"그렇게 되면 우리도 연합국과 동등한 지위의 연합국으로 인정하는 것인가?"

"전하께서 전면으로 나서신다면, 당연히 연합국으로 인정할 것입니다. 이 서류는 그에 대한 미합중국 대통령이 직접 약속한 것입니다. 물론 이것은 통신문일 뿐이고, 본문은 지금 태평양을 건너고 있을 것입니다."

유리 제프리도 자신이 아무것도 꺼내 놓지 않으면 아무런 확답도 듣지 못한 채 이대로 대화가 끝날 것으로 생각했는지 자신의 서류 가방에서 종이 한 장을 내려놓았다.

"이건 임시정부가 아닌 나에 대한 통신문이군."

그가 건넨 영어로 된 통신문을 읽으니 내가 전면에 나서 대한인의 혼란을 막고 일본에 항전을 한다면, 전후 대한제국의 영토에 대한 권한을 인정하고 전후 처리 협상에서 연합국의 일원으로 참여할 수 있다는 조건이 적혀 있었다.

"미합중국이 인정하는 곳은, 미합중국 입장에서는 합법적 능력이 없는 임시정부가 아닌 대한제국의 유일한 후계자인 전하입니다."

여러 번 임시정부를 언급했지만, 그는 임시정부는 절대 인정하지 않았다.

그가 가져온 권한 중에서 임시정부에 대한 것은 아무것도 없다고 생각됐다.

내가 계속해서 임시정부에 대해서 말할 때 그가 그 부분에 어떤 권한이라도 가져왔다면 임시정부를 정식 정부로 인정할 수 있는 조건을 말했을 텐데, 그 부분은 처음부터 끝까지 불가능하다는 답변만 했다.

"나는 임시정부를 인정하네."

"그건 미합중국이 관여할 부분이 아닙니다. 전하께서 전면에 나선 후 자치권을 가진 대한제국에서 민주적 정부를 수립하는 일이기 때문입니다. 미합중국은 타국의 내정에는 간섭하지 않습니다, 전하."

결국 이 전쟁 중에는 임시정부를 인정할 수 없다는 것이었다.

내가 전면에 나서고 임시정부를 한반도 유일 정부로 인정하는 것은 내가 해야 할 일이지 자신들의 일이 아니라고 못 박았다.

"그럼 이게 그대가 온 이유의 전부인가?"

처음 그가 특별한 것을 가져왔을 것이란 내 생각에 비하면 조금 약한 감이 있어 물었다.

물론 연합국으로 나를 인정해 준다는 것은 분명 특별한 일이었지만, 나는 그 이상의 무언가가 있을 것이라 생각해 다시 한 번 확인했다.

"그렇습니다, 전하."

"이 정도라면 굳이 그대가 찾아올 이유는 없었을 텐데 헛걸음했군."

"전하를 뵙는 것 자체가 이번 일에서 가장 중요한 부분이었습니다."

"중요하게 생각하고 온 것치고는 내게 가져온 선물이 너무 빈약하다고 생각하지 않는가?"

근거는 없었다. 하지만 어느 정도 심증은 있었다.

단지 이것만 가지고 OSS의 동아시아 책임자가 직접 온다는 게 잘 설명이 되지 않고 찜찜한 부분이 있었다.

그렇다면 분명 다른 무언가가 있을 것이라고 생각하고 말했다.

"연합국의 일원으로 인정하는 것만으로도 충분히 크다고

생각했습니다."

"글쎄……. 그것이야 우리가 독립 전쟁에 제대로 나서기 시작하면 당연히 따라올 부산물 같은 것이었지. 그대들이 인정하지 않아도 대한제국이 한반도의 유일한 정통을 계승하는 곳이란 것을 대한인들은 당연히 알고 있네. 대한인이 살아 있는 한 그대들이 한반도를 좌지우지할 수는 없지. 그러니 언제가는 이루어질 일을 조금 당겨 주었다고 내가 그대들에게 감사할 이유는 없어 보이네."

대화를 마치기 전 마지막으로 혹시나 하고 찔러보았다.

내가 자신이 가져온 것이 그다지 매력적이지 않다고 웃으며 말하자 이곳에 오고 두 번째로 그의 표정이 잠깐 변했다.

눈 위의 작은 떨림이었지만, 그의 얼굴을 세세하게 관찰하고 있던 내 눈에는 정확히 보였다.

"……."

"일이 끝났으면 가 보도록 하게."

유리 제프리는 내 말에 아무런 대꾸도 없이 한참을 조용히 있었다. 그래서 여기까지인가 생각하고 자리에서 일어나며 그에게 말했다.

"잠시만 기다려 주시겠습니까?"

내가 자리에서 일어나자 그가 급히 내게 말했다.

"점심시간도 한참 지나 배가 고픈데 언제까지 영양가 없는 이야기만 하고 있을 것인가?"

그가 나를 붙잡자 속으로 쾌재를 불렀지만, 겉으로는 최대한 평정심을 유지하며 품속에서 회중시계를 꺼내 시간을 확인하는 척하고는 그에게 말했다.

"잠시만 생각할 시간을 주십시오, 전하."

"그러게."

그에게 말하고 나서 그의 맞은편에 앉아서 그가 고민하는 것을 가만히 바라봤다.

이미 장고에 들어갔다는 것은 그에게 절대 좋은 수가 나오지 않을 것이란 증거였기에 그의 생각이 끝나기를 기다렸다.

한참을 생각하던 유리 제프리는 이내 생각을 끝마치고, 서류 가방에서 작은 종이 한 장을 꺼냈다.

"넉 달 후인 11월에 제3의 중립국에서 미스터 프레지던트와 소련의 스탈린 서기장 그리고 중화민국의 장제스 주석이 함께하는 대일 공동전선에 관한 회의가 있을 것입니다. 이 서류는 그 회의에 대한제국의 대표로 전하께서 참석하실 수 있게 하겠다는 'Oval Office(미 대통령 집무실)'의 의지가 담긴 문서입니다. 대신 한 가지 확실히 해 주어야 하는 점은, 겨울이 오기 전에 오사카와 사할린을 확보해야 한다는 것입니다."

역시 일개 요원이 말을 전달하기 위해 오지 않고 동아시아 총책임자가 직접 온 이유에는 이 문서가 있었다.

협상이 잘 이루어지지 않으면 직접 이 서류를 건네서라도 내가 3개월 내에 움직이게 만들고 밖으로 드러나게 만들려는 것이다.

연합국으로서의 지위에 대해 내가 전혀 매력적으로 느끼지 않는 것처럼 보이니 결국에는 제대로 된 조건을 제안했다.

"처음부터 이런 조건을 제시했으면 이렇게 긴 시간을 허비하지 않아도 되었을 텐데 너무 시간을 허비했어."

나는 작은 목소리로, 하지만 그가 알아들 수 있게 영어로 투덜거리며 그가 내민 서류를 들어 올렸다.

연합국 지위에 관련된 서류는 아직 미국에서 오는 중일 텐데, 이 서류에는 루스벨트의 사인으로 보이는 사인이 'President of the United States'란 글자 아래에 있었다.

그리고 반대편에는 'Leader of KOREA'가 적혀 있었다.

'Emperor of KOREAN Empire'가 아닌 'Leader of KOREA'인 것으로 봤을 때 이 서류는 나뿐만 아니라 다른 사람에게 갈 수도 있었던 것으로 보였다.

이 서류는 나에 대해 조사가 끝나고 나서 작성된 것이 아닌, 유리 제프리가 미국에서 오기 전에 작성된 것임을 알 수 있었다.

대한인을 움직일 수 있는 사람을 회유하기 위해 그가 가지고 온 서류로 보였다.

이 서류가 작성될 때까지는 나에 대한 정보가 정확하지 않았고, 그래서 Leader of KOREA라는, 대통령도 주석도 황제도 아닌 중의적인 표현이 표기되어 있었다.

비어 있는 공간에 서명하고 나서 두 장 중 한 장을 그에게 건네고 다른 한 장은 내 뒤에 시립해 있는 시월이에게 넘겨주었다.

"이 서류가 매력적으로 느껴지신다니 다행입니다. 우리가 많은 것을 양보한 만큼 전하께서도 우리가 제시한 의견에 대해 긍정적인 결과를 만드실 것이라 믿습니다."

어찌 보면 약간은 협박에 가까운 말이었고, 무례한 말로 느껴질 수도 있었으나 굳이 타박하지는 않았다.

그가 가진 모든 밑천인지는 모르나 최소한 이게 절반 이상의 밑천을 드러낸 것이라 그 역시 이 정도 공개했으면 얻어 가는 게 있어야 한다 생각하는 것은 당연했다.

"걱정하지 말게. 자네의 나라뿐만 아니라 내 조국의 미래도 걸려 있는 중요한 일이니, 겨울이 오기 전에 건설적인 미래를 만들 수 있을 걸세. 세부적인 사항은 제국익문사에서 나와 있는 연락장교를 통해 알려 주도록 하지."

내게는 만족할 만한 성과를 만들어 자리에서 일어나 그에게 악수를 건넸다.

그러자 그도 내 손을 맞잡으며 웃으며 대답했다.

"감사합니다, 전하."

"아, 그런데 말이야."

대화를 마치고 밖으로 나가려 등을 돌렸을 때, 내 옆에 서 있던 최지헌의 품속에 있던 총을 꺼낸 후 그를 잠시 불러 세우고는 미소 지은 얼굴로 내가 말했다.

"Yes, Your Highn……."

내 말에 가던 길을 멈추고 뒤를 돌아 나를 봤다. 그러다 내가 권총으로 자신을 겨누고 있는 것을 보고는 말하다 놀라 말을 멈췄다.

"나는 일본에 감시당한 경험이 있어서 누군가 나를 따라다니는 것은 별로 유쾌하지가 않아. 지금까지야 우방국인 미국이 나에 대해 제대로 알지 못하고 있는 상황이라 그대로 두었지만, 좀 치워 줬으면 좋겠군. 앞으로 그 동양인들을 포함해 나를 따라다니는 요원이 있으면 총구가 아닌 탄환이 그 요원들에게 선물로 보내질 걸세."

확신은 없었다. 하지만 나에 대해 파악하기 위해서는 내 주위에 나를 감시하는 눈이 있어야 한다.

미국인만으로 이루어진 나에 대한 감시는 오히려 다른 사람의 눈에 띌 가능성이 높았기에, 미국계 동양인이든 포섭한 중국인이든 누군가는 내 근처에서 나를 감시했을 것이다.

그래서 그에게 경고를 하기 위해 총을 겨누면서 말했다.

"알겠습니다."

그의 조심스러운 대답에 역시 나를 감시하는 눈이 있었다는 것을 확신했다.

"빵!"

입으로 장난치듯 소리 내며 총을 들어 올리자 그도 순간 움찔했다.

나는 그 총을 다시 뒤돌아 최지헌에게 건네주면서 유리 제프리에게 말했다.

"내가 그리 성격이 좋지 않으니, 빨리 치워 주게."

"알겠습니다, 전하."

"최 통신원은 그를 원하는 곳까지 안내해 주게."

"네, 전하."

최지헌은 내 말에 대답하고는 유리 제프리를 안내해 그들이 들어온 문으로 나갔다.

혹시라도 미국이 나를 컨트롤하지 못할 '개또라이'로 볼 수도 있지만, 한 국가의 수장이라면 이 정도는 보여야 했다.

내가 미친놈으로 보이는 것보다 그들의 마음대로 할 수 있는 장기말 정도로 생각하는 게 훨씬 더 위험한 상황이었기에, 그에게 마지막으로 약간의 장난을 치는 것으로 다시 한번 긴장감을 가지게 했다.

"무명은 심재원에게 가서 지금 있었던 상황을 보고하고, 미국 쪽 감시자에 대한 색출 작업을 지시하게. 내 말에 따라 그들이 철수할 수도 있지만, 내 말을 장난으로 여겼거나 우리의 능력을 시험해 보기 위해 남겨 놓을 수도 있네."

무명은 내 말에 고개를 숙이는 것으로 대답하고는 방을 나갔다.

"시월아, 우리는 점심이나 먹으러 가자. 벌써 2시가 다 되는 시간이니 뱃가죽이 등가죽과 만날 것 같다."

내가 웃으면서 하는 농담에 시월이도 약간의 미소를 보이면서 대답했다.

"알겠습니다, 전하."

방 밖으로 나가자 우리가 처음 들어올 때 사무실을 지키고 있던 요원이 방문 앞에서 기다리다 내게 인사했다.

"그래, 고생하게."

"감사합니다, 전하."

3장

늦은 점심이라 식당 안에는 사람이 없었다.

우리가 음식을 시켜 놓고 먹고 있자 최지헌과 무명도 차례로 자신의 일을 마치고 음식점으로 돌아왔다.

무명은 돌아오자마자 내게 메모지를 건넸다.

전하, 지시하신 사항은 심재원 사무가 이미 몇 가지 의심 점이 있는 자를 특정하고 있어서, 오늘 하루를 유예 기간으로 두고 내일부터 색출 작업에 들어갈 것입니다.

"수고했어요. 늦은 점심이지만 들어요. 오늘 된장찌개가 더 맛있네요."

내 말이 무명도 웃으면서 자리에 앉았다.

심증만 가지고 행한 행동에도 제국익문사는 언제나 나의 손발이 되어 움직였고, 이번에도 이미 어느 정도 첩자를 특정한 상태였다.

언제나 한발 앞서를 생각하면서 일하는 제국익문사에 감사함을 느끼며 점심을 먹었다.

그 자리에서는 긴장감을 풀기 위해 농담을 했지만, 사무소로 돌아오자 다시 진지한 마음으로 서류를 살펴봤다.

"여기 있습니다, 전하."

내가 자리에서 서류를 살펴보고 있으니 심재원이 보고서 하나를 가지고 왔다.

"이게 무엇인가요?"

무명에게 지시하고 점심을 길게 먹기는 했지만, 이제 겨우 길어야 2시간 정도가 지난 시간이었다. 벌써 보고서를 만들었을 것이라고는 생각지 않았다.

"지시하신 것에 대한 1차 보고서입니다. 지난번에도 한번 보고드린 적이 있는데, 그때는 심증이었지만 배후에 미국이 있다고 한다면 모든 증거가 다 들어맞는 인물들만 일단 추렸습니다, 전하."

"제국익문사는 언제나 나의 예상을 뛰어넘는군요. 이들이 전부 나를 감시한 인물들인가요?"

그가 건넨 보고서에는 네 명의 이름과 기본적인 신상 그리고 최근 3일간의 행적에 대해 적혀 있었다.

"일단 중국공산당의 첩자로 확인된 자들은 지난 사건 이후 보고드렸던 것처럼 제거하였고, 이들은 배후가 영국인지, 아니면 미국인지 확신이 들지 않았던 인물들이었는데, 이번 일로 몇 가지 실마리를 찾아 미국의 끄나풀이라는 것을 확인했습니다, 전하."

나를 감시하는 눈은 미국뿐만이 아니었다. 지난번 일 때문인지 중국공산당도 있었다.

중국공산당에서 나를 감시했던 사람들은 국민당에게 잡히기 전 우리가 먼저 사살했다.

나를 조사한 정보가 있으면 그것이 국민당으로 넘어가는 것을 막기 위해서였다.

"앞으로 얼마나 더 나올 것 같나요?"

적혀 있는 이름을 하나하나 읽어 가며 심재원에게 물었다.

"일단 한두 명은 더 확인할 수 있을 것으로 생각됩니다. 완벽히 파악하기에는…… 그들 역시 전문가들이라 확신하지 못했습니다. 파악 가능한 대로 정리해서 보고하겠습니다, 전하."

"일단 내일까지 유예 기간을 주었으니 내버려 두세요."

"알겠습니다, 전하."

앞으로 미국과는 서로 해야 할 일이 많았는데, 굳이 얼굴 붉힐 필요는 없었다.

하지만 내가 먼저 말을 꺼낸 것이니 그들이 철수하지 않는다면 그에 대한 경고는 필요했다.

⚜

다음 날 추가로 한 명의 요원에 대해 파악한 것을 마지막으로 더 찾아내지는 못했다.

이게 내 주위에 있는 모든 OSS 요원인지는 알 수 없었으나 우리가 알아낼 수 있는 최선은 다했다.

"지금까지 역추적한 결과에 따르면 여기 세 사람은 우리 사무소 근처에서 머물고 있다가 국민당군 내에 있는 미군 주둔지로 철수하는 것을 확인했습니다. 그리고 이 사람은 미국에서 명령을 하달받은 것은 확인했는데, 철수할 기미는 없습니다, 전하."

심재원은 로버트 브라운이라는 사람의 인적 사항이 적힌 서류를 내게 보여 주었다.

로버트 브라운은 스물여덟 살의 백인이라는 것과 그가 어디에 머물고 어떤 경로로 이동을 자주하고, 어떤 손으로 밥을 먹는지까지 상세하게 적혀 있었다.

"이전부터 주목하고 있던 인물인데, 웨스트 포인트west point를 졸업한 인물로 추정됩니다. 지금은 끼고 있지 않으나, 미군 지역을 감시하던 요원이 그가 처음 중경에서 모습을 보인 날에 보고서를 작성했는데, 그때 웨스트 포인트의 임관 반지를 차고 있었다고 합니다. 그때는 우리에 대한 감시 활동을 하지 않을 때로 추정합니다. 이후 우리에 대한 감시 활동을 하면서는 반지를 착용한 적이 없습니다. 그리고 이 인물이 밖으로 나올 때는, 미군에게 보고서를 제출하는 날인 일주일에 한 번뿐입니다. 그날을 제외하고는 우리 사무소 맞은편의 집에서 하루 종일 있습니다. 그곳에는 정확하게 확인되지 않았으나, 매일 일정하게 들어가는 음식의 양으로 생각했을 때 두세 명의 요원이 함께 근무하는 것으로 보입니다, 전하."

제국익문사 사무소에 엄청난 양의 서류가 있는 이유는 바로 이것이었다.

특정 인물에 대한 감시와 정보 수집 활동도 하지만, 기본적으로 아주 광범위한 정보를 수집하는 곳이다.

그래서 심재원은 중경에서 수집된 많은 정보를 분류하고, 연관성 없는 두 정보를 조합해 전혀 새로운 정보를 알아내는 역할을 하고 있었다.

"임관 반지를 진짜로 차고 다니는 사람도 있네요."

"힘든 훈련을 마치고 임관된 군인 중에는 외출할 때에 차고 나오는 사람들이 더러 있습니다, 전하."

심재원은 그들이 반지를 착용하는 이유를 알고 있는 듯 말했다.

"그래요. 오늘 저녁까지 돌아가지 않는다면, 이 친구를 한 번 만나 봐야겠군요."

"직접 하시려고 하십니까, 전하?"

심재원은 내가 직접 그를 죽여 경고를 하려 한다고 생각한 것인지 놀란 큰 목소리였다.

"경고를 한 사람이 나이니 내가 직접 가야지요. 걱정하지 말아요. 처음부터 죽이거나 할 것은 아니니까. 우리의 첩보 능력을 시험해 보기 위한 것 같은데, 내가 직접 가서 잘 타일러 돌려보내야죠. 아무리 동맹군이라도 두 번의 경고 이후에도 변화가 없다면…… 뭐."

나와 심재원 단둘이 있는 곳이었지만, 차마 죽이겠다는 말까지는 하지 않았다.

"그렇습니다, 전하."

심재원도 내가 무슨 말을 하는지 잘 알고 있는 빙긋 웃었다.

✿

저녁이 되자 로버트 브라운을 감시하던 두 요원 중 한 명이 방으로 들어왔다

"그는 돌아갔나?"

"아닙니다. 오늘은 정보 수집 작업은 하지 않았으나, 여전

히 자신의 숙소에서 머물고 있습니다, 전하."

요원의 보고를 들은 후 고개 돌려 심재원을 바라봤다.

"심 사무, 우리가 잘못 알았을 가능성은 없나요?"

"없습니다, 전하."

"심 사무, 소총 탄환이 있나요?"

낮에 철수 안 하는 애들을 위해 준비해 놓은 대한제국의 국장인 오얏꽃 문장이 찍힌 종이봉투 한 장을 들고 심재원에게 물었다.

"아래층에 있을 것입니다. M1 소총도 비상용으로 놓여 있는 게 있을 것입니다, 전하."

"아니요. 총은 필요 없어요. 가지."

방문을 열고 나가자 3층의 방 밖의 사무실에서 근무하는 최지헌과 무명, 시월이가 모두 나를 보고 일어나 나갈 채비를 했다.

아래층으로 내려가니 업무를 보던 요원은 모두 퇴근했고, 사무실을 지키는 요원 두 명만이 자리에 있다 나를 발견하고 인사했다.

"가서 소총의 총알 한 개만 가져오게."

"알겠습니다, 전하."

두 요원 중 한 명이 뒤돌아 방 안으로 들어갔고, 얼마 지나지 않아 M1 소총의 총탄 한 클립을 가지고 나왔다.

"여기 있습니다, 전하."

그가 가져온 다섯 발들이 클립에서 한 발만 꺼내고, 다시 요원에게 클립을 돌려주었다.

총알 한 발은 제국익문사의 문장이 찍힌 종이봉투에 집어넣은 뒤 주머니에 넣었다.

"고맙네."

내가 총알을 챙기는 사이 이미 로버트 브라운을 감시하던 요원과 나를 경호하는 세 명은 모든 준비를 마친 채 기다리고 있었다.

"안내하게."

"안내하겠습니다. 정문으로 가시면, 그가 창문을 확인하고 있을 경우 발견될 것입니다. 그래서 후문을 통해 둘러가겠습니다, 전하."

그의 말에 고개를 끄덕이자 그는 앞서 걸어가며 우리를 안내했다.

이미 사방은 어둠에 휩싸여 있었고, 저녁 노점과 식당도 모두 문을 닫아 거리에는 지나는 사람 한두 명밖에 없었다.

제국익문사 건물을 기준으로 원을 그리듯 돌아 맞은편 건물의 뒷문으로 도착했다.

"이 건물 3층에 그의 숙소가 있습니다. 그리고 저희가 그를 감시하는 곳은 저쪽 건물에 있습니다. 정문 쪽은 사무소 옆 건물의 4층에서 항시 감시하고 있습니다, 전하."

"지금 그가 안에 있는가?"

"잠시만 기다려 주십시오……. 밖으로 나오지 않았으니 방에 있을 것입니다, 전하."

요원은 질문에 뒤돌아 후문 쪽 맞은편 건물을 바라봤고, 얼마 지나지 않아 건물 안에 있는 요원에게서 대답을 들었는지 뒤돌아 내게 말했다.

"그럼 방으로 바로 가지."

내 말에 요원은 바로 계단으로 걸어 올라갔다.

3층에 올라가자 양쪽으로 있는 방문 중에 한 곳을 가리켰다.

내가 두드리는 시늉을 하자 내 뒤에 있던 세 사람은 각자 품에서 권총을 꺼내 겨누려고 했다.

그래서 무명이 들어 올린 총을 내가 잡아 내리자 다른 두 사람도 총을 집어넣으라는 뜻으로 알아듣고 다시 총을 품속으로 갈무리했다.

곧 문 앞에 서 있던 요원이 문을 두드렸다.

똑똑…… 똑똑.

문을 긴 간격을 두고 두 번 두드렸지만 안에서는 아무런 인기척이 없었다.

한참을 고민하고 있는 요원을 옆으로 밀어 내고 내가 문을 두드렸다.

쾅쾅!

"로버트 브라운 캡틴Captain, 문 열게!"

영어로 크게 외쳤지만, 한참 동안 인기척이 없었다. 그래서 한 번 더 문을 두드리며 소리치자 결국 기름칠 안 된 문이 끼이익 소리를 내며 살짝 열렸다.

"谁(누구)?"

당연히 영어로 물어 올 것이라 생각했는데 문 뒤에서는 중국어가 돌아왔다.

중국에서 몇 달 생활하면서 간단한 말은 알아듣기 시작했지만, 영어가 들릴 거라 생각했는데 중국어가 들리니 순간 당황했다.

그사이 내 옆에 있던 요원이 영어로 말했다.

"당신 목소리 알고 있으니 문 열어. 이곳에서 시끄럽게 만들 것은 아니지?"

미국인에 대한 감시인 만큼 요원은 영어를 잘하는 것 같았다. 그리고 중국어도 능통한 듯했다.

요원의 다그침에도 한참을 조용하더니, 결국 문에 걸려 있던 체인형 안전 고리를 해제하고 문을 열었다.

"뭐하러 버티는 거야, 전달 못 받았나?"

열린 문 사이로 180센티는 되어 보이는 큰 키에 금발 머리를 가진 백인이 경계하는 눈빛으로 나를 보고 있었다.

이미 그는 내가 누구인지 알고 있었고, 나를 보고는 내가 직접 온 것에 경계와 놀람이 한데 섞인 표정이었다.

나는 경계하며 서 있는 그를 두고 방 안으로 걸어 들어갔다.

내가 한 발씩 방으로 들어오자 그는 내 걸음에 맞춰 한 발씩 물러나다 내가 그를 전혀 신경 쓰지 않고 걸어 들어가자 그는 결국 옆으로 비켜섰다.

"내 방보다 좋아 보이네. 역시 미국은 돈이 많은 건가?"

내가 한국어로 혼잣말을 하며 주위를 둘러보자 내 뒤에 서 있던 시월이가 미소를 지었다.

집은 두 개의 방과 거실로 구성되어 있었는데, 방 안에는 생활하는 모습이 적나라하게 드러나는 침대와 옷가지가 있었고, 그리고 다른 방에는 권총을 손에 쥐고 잔뜩 긴장한 표정의 군인이 한 명 더 있었다.

"총 내려."

내가 그런 그를 무시하고 지나가자 내 등 뒤에 있던 시월이가 그에게 총을 겨누며 차가운 목소리로 말했다.

대치 상황은 로버트 브라운이 가서 군인에게 총을 내리라고 하고 나서야 끝났다.

거실에는 제국익문사의 입구 쪽으로 나 있는 창문 옆에 탁자와 망원경이 놓여 있었다.

탁자 위에는 여러 장의 종이가 올려져 있었는데, 저게 우리를 감시한 기록으로 보였다.

나는 많은 종이 중에 몇 장을 잡고는 음식이 담겨 있던 봉지가 어지럽게 놓여 있는 중앙의 소파로 가서 앉았다.

내가 너무 자연스럽게 안을 둘러보고 소파에 앉자 로버트 브라운은 자신의 집인데도 어쩔 줄을 몰라 하고 있었다.

"이게 우리를 감시한 서류인가? 누가 출입하는지는 왜 알아보는 거야?"

한국어로 혼잣말을 하며 대충 살펴본 서류에는 몇 명의 이름과 사람 수가 체크되어 있었다.

나는 그 서류를 대충 지저분한 바닥에 던지고, 이제 막 내 맞은편 소파에 앉은 로버트 쪽으로 몸을 향했다.

"말을 안 듣네. 내 말이 장난 같았나?"

"무슨 말씀을 하는지 모르겠습니다."

나는 품속에서 준비해 온 오얏꽃 문양이 찍힌 봉투를 그에게 던졌다.

"다음에 이런 일로 나를 또 보게 되면, 이게 종이봉투에 담긴 채 오지는 않을 거야. 오늘 밤 자정까지야."

아무런 목적어 없이 말했지만 그는 충분히 알아들었을 것이다. 당황한 표정으로 봉투 안 총알을 확인하는 그를 두고, 밖으로 나왔다.

뒷문을 통해 돌아올 때와는 다르게 이번에는 정문을 통해 바로 제국익문사로 들어갔다.

3층으로 올라가자 아직 숙소로 돌아가지 않은 심재원이 나를 기다리고 있었다.

"금방 돌아오셨습니다, 전하."

"길게 이야기할 것이 뭐가 있나요? 가볍게 경고하는 것이 오히려 그들에게는 더 무서울 겁니다."

"왜 다른 이들은 철수를 했는데 그만은 철수하지 않았을까 고민해 봤는데, OSS에서는 로버트 브라운 캡틴은 외부 출입을 거의 하지 않고 정탐 같은 일은 하지 않아서, 우리가 모르고 있다고 생각한 것으로 보입니다. 그 외에도 더 있을 것에 대비해 확인하도록 하겠습니다, 전하."

"저들은 우리가 어디까지 알고 있는지 모르니, 이번에는 전부 철수할 겁니다. 다음에 걸리면 죽인다는 두 번째 경고까지 했으니, 이다음에 걸리는 요원이 있으면 죽이지는 말고 바로 구금하세요."

굳이 죽이고 싶은 마음은 없었지만, 경고를 장난으로 받아들일 수도 있으니 구금한 이후 한두 달 정도 붙잡아 놓을 생각이었다.

"알겠습니다, 전하."

⁂

다음 날 아침 사무소로 나오니 심재원이 서류를 가지고 왔다.

"어제 경고하셨던 로버트 브라운은 전하께서 나가신 직후 철수했습니다. 그리고 주위를 확인하던 요원이 세 명의 인물

이 로버트 브라운과 함께 주둔지로 철수하는 것을 확인했습
니다, 전하."

"네 명요?"

어제 로버트 브라운의 숙소에 있었던 인물은 로버트까지
포함해 두 명이였는데, 네 명이 철수했다는 말에 놀랐다.

"로버트 브라운 외 한 명은 앞 건물의 숙소에서 철수한 것
으로 확인되었지만, 다른 두 명은 어디서 철수했는지는 확인
하지 못했습니다. 어젯밤은 비상근무로 이 지역을 광범위하
게 감시했지만, 그들의 철수 과정은 포착하지 못하고 차 안
에 상당량의 문서를 실어 주둔지로 철수하는 것만 확인했습
니다. 야간에 문서 이동이 있는 경우는 드물어 그들도 우리
사를 감시하던 인물로 생각되었습니다, 전하."

"다행히 효과가 있었네요."

"그렇습니다, 전하."

우리가 파악한 남은 요원은 로버트 브라운뿐이었지만, 내
가 경고로 지레짐작한 OSS 덕분에 알지 못했던 감시자까지
철수시킬 수 있었다.

"그리고 이것은 인도로 떠났던 김덕진 통신원이 보낸 것으
로 예상되는, 캘커타에서 오늘 아침에 도착한 보고서입니다,
전하."

"어떤가요?"

"아직 확인하지 않았습니다, 전하."

심재원은 붉은색 글자로 '외교문서-外交文書-diplomatic documents', 한글과 한자, 영어 세 개의 글자가 선명히 적혀 있는 편지 봉투를 내게 가져왔다.

"제국익문사의 양식이 아니군요."

"영국군 연락소에서 임시정부에 있는 우리 사 사무소로 보내온 것입니다. 그들이 설명하기로는 김덕진 통신원이 발송했다고 했습니다. 뜯겠습니다, 전하."

"그래요."

심재원이 내 대답을 듣고 봉인되어 있는 편지 봉투를 뜯어내자 밀랍으로 봉인된, 호의초 무늬가 선명히 찍힌 제국익문사 양식의 편지 봉투가 나왔다.

그것을 심재원에게 넘겨주자 몇 가지 확인을 했다.

"김덕진 통신원에게서 온 것이 맞습니다, 전하."

심재원은 내가 고개를 끄덕이자 편지를 뜯어 전면에 있는 가짜 편지를 읽고, 이상한 점이 없음을 확인하고는 방 안에 있는 물에 담갔다.

제국익문사에서는 편지의 기밀성을 위해 사용하는 방법이 몇 개 있었는데, 편지 위에 쓰인 다른 내용의 편지 속에 일정한 암호가 들어 있었다. 거기에 그 편지가 어떤 방법으로 작성되었는지 나와 있는 것이다.

그래서 이번에는 평소처럼 불에 그슬리는 것이 아니라 물에 담갔다.

겉에 편지가 쓰여 있던 종이 부분이 물에 들어가자 풀어지기 시작하며 그 안에서 다른 글자가 적힌 편지지가 나왔다.

대나무 틀을 이용해 그 편지를 들어 올린 심재원은 내게 대나무 틀째로 편지를 가져왔다.

대나무 위에 올려져 있는 편지는 물을 먹어 손으로 만질 수는 없으나 글자를 읽는 데에는 무리가 없어 책상에 올려놓은 상태로 보고서를 읽었다.

7월 초 닷새에 캘커타에 도착했습니다.

뉴델리에서부터는 미국이 미리 연결을 해 줘 영국군의 군용기를 이용해 캘커타까지 빠르게 올 수 있었습니다.

캘커타에 도착하자마자 이곳의 책임자인 콜린 맥켄지 영국군 총독부 작전참모에게 한지성 광복군 대원의 편지를 전달했습니다.

그는 한지성 대원이 조선의용대가 아닌 임시정부에 합류한 것을 잘 알고 있어서 그에게서 연락이 온 것을 기뻐했습니다.

그리고 한지성 대원이 편지에 잘 적어 준 덕분에 이야기가 빠르게 진행되었습니다.

총독부 자체적으로는 우리가 제안한 인면전구공작대印緬戰區工作隊 작전에 대해서는 상당히 긍정적으로 반응했습니다.

하지만 이 사항은 과거 조선의용대와 한다면 쉽게 될 테지만 주체가 바뀌고 타국과의 새로운 군사작전 협력이 이루어지는 부분이라, 총독부 자체적으로는 결정할 수 없고 본국의 허가가 있어야 한다고 했습니다.

콜린 맥켄지 작전참모는 자신이 직접 SOE를 통해 긍정적 평가와 함께 상부로 보고하겠다고 전해 왔습니다.

그리고 롤렌드 C. 베이컨Roland C. Bacon 참령參領(Major)을 우리 제국익문사와의 연락장교로 배치했습니다.

그들은 자국의 의회와 내각에서 이번 작전에 대한 허가가 내려올 것을 당연하게 여기고 있었으며, 허가가 떨어지는 즉시 작전을 실행할 수 있도록 우리와 세부 계획을 수립하고 싶어 했습니다.

예상했던 것과는 다르게 상대가 너무 적극적으로 나와서 어디까지 호응해 줘야 하는지 판단이 서지 않아 최소한으로 작전 수립에 참여하고 있습니다.

사무소의 판단을 부탁드립니다.

연락은 중경의 영국군 연락소를 통하시면 빠르게 가능합니다.

답변 기다리겠습니다, 전하.

"예상보다 더 적극적이군요. 그들이 우리의 뜻에 응해 준다면 빠르게 답해 주는 것이 좋을 듯하니 답장을 보내 주세요. 그리고 영국군 연락소를 이용 가능하니 영국의 정진함 상임에게 보낼 편지도 김덕진 통신원을 통해 인도에서 영국으로 갈 수 있게 하세요."

심재원은 내가 하는 말을 들으면서 김덕진 통신원의 보고서가 담긴 대나무 틀을 들어 올려 읽어 나갔다.

"전하의 말씀대로 진행하겠습니다. 그리고 인도로 파견될 제국익문사 요원도 중경으로 소집하겠습니다, 전하."

"그래요."

지난 미국으로 파견된 요원을 제외하고 영국군을 위해 남아 있었던, 영어가 가능한 요원들과 곧 훈련이 끝나는 2기생 중에서 선발한 인면전구공작대 예비 대원에 대한 소집 명령이었다.

이미 심재원이 내게 올린 보고서를 통해 그들에 대해서 알고 있어 별다른 이견 없이 심재원 뜻에 따랐다.

영국으로 파견되는 요원들은 빠르게 소집되었고, 2기생 중에서 미군과 함께하는 훈련소로 합류하지 않고 영어를 배우고 있던 요원들도 인도로 파견될 준비를 빠르게 마쳤다.

미국보다 거리가 가까운 인도여서인지 김덕진 통신원으로부터 4일 만에 답장이 돌아왔다.

영국의 인도 총독부와 제국익문사는 인면전구공작대에 대한 파견에 잠정적 합의를 완료했다.

아직 영국 본국에서의 허락이 필요했지만, 지금까지 진행되는 상황으로는 연락하는 시간이 문제이지 큰 틀에서는 합의가 완료된 모양이었다.

"정진함 요원이 영국으로 파견될 때에는 이번 인면전구공작대에 대한 일이 가장 중요했는데, 한지성 대원을 통해 인도에서 풀어 나간 것이 훨씬 효과적이었습니다, 전하."

사무실에서 인도와 버마 전선에 관한 서류를 확인한 심재원이 내게 결재를 받기 위해 서류를 가지고 왔다.

"그러네요. 생각보다 너무 쉽게 되는 것 같아 불안하기는 하네요."

지금까지는 이렇게 쉽게 일이 진행되는 경우가 없어서 호사다마好事多魔가 될까 불안한 마음이 한 줄기 피어났다.

"이미 인도에 대한 자치권까지 약속한 상황입니다. 그만큼 영국이 급하단 것이니 너무 걱정하지 마십시오. 이번 일은 영국과 우리의 이해관계가 정확히 맞아떨어져 쉽게 진행되는 것입니다, 전하."

"그래요. 그래도 호사다마이니 잘될 때 더욱 신경 써 주세요."

"명심하겠습니다, 전하."

"그리고 이번 일이 마무리되고 나면 정진함 통신원은 앞으로 영국이 연합국과의 협상할 때, 대한의 정식 연합국으로서의 지위 획득을 지지하도록 하는 일에 집중할 수 있게 지시해 주세요."

정진함이 영국으로 갈 때는 인명전구공작대에 대한 것이 가장 중요한 일이었지만, 이것은 우리가 원하는 연합군 지위를 얻기 위한 수단일 뿐 최종 목표가 아니었다.

최종 목표는 우리가 정식 연합국 지위를 가져오고, 독립을 했을 때 한반도 유일의 정부를 수립할 수 있게 지지를 얻어 내는 것이다.

그것을 심재원도 잘 알고 있었지만 다시 한 번 당부했다.

"정진함 상임에게 다시 한 번 확인시키겠습니다, 전하."

"미국과 유리 제프리는 너무 조용한 것 같네요."

심재원에게 편지를 넘겨주고 나서 생각나 말했다.

사할린과 북해도에 대한 전쟁을 준비하고 있는 미국과 우리의 군사작전 협력과 관련된 보고서가 없어 이상해서 물었다.

"지금 저희가 준비 중인 인데코 작전에 관련해서는 많은 협상을 미국에서 진행하고 있습니다. 우리가 제안한 작전에 대해서 OSS에서도 긍정적인 답변을 했습니다. 그리고 동아시아 책임자인 유리 제프리가 미국으로 돌아가고 나서 워싱턴에서 바쁘게 움직이고 있다고 들었습니다. 조만간 제대로 된 보고서가 도착할 것으로 생각합니다, 전하."

아무런 의견도 교환이 없는 줄 알았는데, 다행히 아직 내게 보고할 만한 사항이 아니어서 보고서가 안 올라온 것 같았다.

이번 인데코 작전에 관련해서는 이미 몇 번에 걸쳐 내가 확인한 상황이었고, 심재원도 내 뜻이 충분히 들어가 있다고 생각해 최종 보고서가 도착하기 전까지는 보고를 하지 않은 것 같았다.

"아직 협상 중이었군요. 이제 시간이 길어야 서너 달도 채 남지 않았는데, 아직도 협상이 완료되지 않았다면 너무 늦어지는 것이 아닌가요?"

"예상하는 일정으로는, 미국에서 훈련 중인 요원들이 빠르게 임무지로 이동이 가능해 그리 늦지는 않을 것입니다. 지금까지 협상된 내용 중에는 중경에서 훈련 중인 요원들도 미 공군의 전략기를 통해 하와이로 이동한 이후, 미국 요원들과 합류해 움직일 예정이라 그리 늦지는 않을 것입니다, 전하."

"이번 작전은 미군이 중심일 텐데, 우리가 파견할 수 있는 전력 중 전부는 파견하지는 마세요. 작전의 성공도 중요하지만, 이번 작전에는 우리 전력의 대부분이 파견됩니다. 너무 도박적인 작전을 하다 실패하거나 성공하더라도 우리의 피해가 너무 크면, 이후의 계획에 차질이 생길 거예요. 미군과의 협력도 중요하고 연합국의 지위를 가지는 것도, 또 독립 전쟁도 중요하지만, 그 아래에 제국익문사가 너무 희생되면 우리가 가진 가장 큰 무기를 잃어버리는 것이에요. 그렇게 되면 작전에는 성공해도 전체적인 전쟁에서 필패합니다."

작전의 성공도 독립도 중요하지만, 우리나라의 상황은 독립한 이후가 더 많은 문제를 가지고 있었다.

이번 작전이 중요하지만, 우리의 최대 무기를 희생하면서까지 작전할 이유는 없었다.

그래서 우리의 큰 전력 중 하나인 광무군은 이번 작전에는 포함되지 않았다.

그렇다고 해도 제국익문사의 많은 요원이 죽거나 다쳐 작전 수행이 불가능해지면, 우리에게 큰 타격일 수밖에 없었다.

많은 무기와 군인이 있지 않은 우리에게 가장 중요한 것은 정보였고, 그 정보를 총괄하는 곳이 제국익문사이니 이런 내 걱정은 어찌 보면 당연하였다.

"요원이 무의미하게 희생되지 않도록 확인하고 또 확인하겠습니다, 전하."

어찌 보면 매번 내가 강조하는 말이라 심재원도 잘 알고 있는 부분이겠지만, 내가 이런 말을 할 때마다 싫은 기색 하나 없이 웃으며 대답했다.

"소집된 요원들은 어디서 생활하고 있나요?"

"이전에 숙소로 사용했던 건물에 모여 있습니다. 쉰 명의 요원들을 모두 수용할 수 있는 곳이 그곳뿐이고, 다행히 아직 판매가 되지 않은 상태라 임시로 사용하고 있습니다. 한 달 내로 이동할 것으로 예상해 따로 숙소를 마련하지는 않았습니다, 전하."

"이제 인도의 전선으로 가게 되면 대부분 요원은 일본이 패망할 때까지 돌아오지 못할 것이에요. 그곳에 가면 입에 맞지 않는 생소한 음식을 먹으며 생활해야 하니, 이 상궁의 음식이 아주 그리울 것이에요. 그들이 떠날 때까지 특별히 신경 써서 맛있는 것을 먹을 수 있게 해 주세요."

이곳 중경만 해도 매운맛으로 대표되는 중국의 두 개 성 중에서 한 곳인 쓰촨성과 붙어 있어 음식이 매콤했다. 또 중경에 와 있는 대한인이 많아서 한식당이 곳곳에 있고 해서 한식이 먹고 싶을 때는 어렵지 않게 먹을 수 있었다.

하지만 그들이 공작 활동을 위해 떠나는 곳은 전쟁터였고, 특히 인도와 버마에는 대한인이 거의 없어 그곳에서 한식을 구하기 어렵겠다는 건 뻔히 보였다.

그래서 떠나기 전까지라도 잘 챙겨 주기 위해 노력하려고 했다.

이곳도 이역만리인데 이제는 같은 문화권도 아닌 완전히 다른 문화권으로 가는 것이라, 고향에 대한 생각이 훨씬 강해질 것이었다.

"특별히 더 신경 쓰도록 하겠습니다. 심려치 마십시오, 전하."

4장

　전황이 다급했던 영국이라 미국보다 늦게 협상을 시작했
지만 미국과의 협상보다 더 빨리 마무리가 되었다.

　임시정부 근처의 사무소를 방문했던 심재원이 오후 늦게
서류 봉투를 가지고 돌아왔다.

　"전하, 이게 김덕진 통신원을 통해 재인 영군 사령부에서
보내온 최종 협정문입니다. 재가를 해 주시면 제가 델리로
가서 최종 서명을 하겠습니다, 전하."

　이미 상대 쪽에서도 맥켄지 콜린이 대표자로 참석해 서명
하기로 한 상태라 우리도 그쪽의 격에 맞는 심재원이 참석하
기로 했다.

　심재원이 건네준 종이봉투에는 이전과 같이 '외교문서'라

는 말이 한자와 영어, 한국어로 적혀 있었다.

열려 있는 봉투에서 서류를 꺼냈다.

대한제국 제국익문사에서 파견하는 대한군 선전공작대와 연락단에 관한 협정의 최종 협정 확인서

제국익문사 대표 심재원과 재인 영군 총사령부 대표 맥캔지 H. 쿨린은 대한민족의 독립을 쟁취하고 영 연방군의 완전 전승을 촉진하기 위하여, 제국익문사는 재인 영국군의 대일 작전에 협조하고 영국군은 제국익문사의 대일 투쟁을 원조하는 원칙하에서 아래와 같이 협정함.

1. 제국익문사는 영국군의 대일 작전을 협조하기 위하여 '대한군 선전공작대'와 '제국익문사 연락대'를 파견함.

2. 선전공작대는 10인 1조, 총 41인으로서 대장 1인을 두고, 연락대는 총 5인으로서 대장 1인을 둔다.

선전공작대와 연락대는 영국군의 제복을 입고 '대한군 선전공작대', '제국익문사 연락대'라는 명료한 휘장을 패용함.

3. 선전공작대의 주요 공작은 영국군의 대일 작전에 유리한 대적 선전과 전획戰獲한 문건을 번역하는 것임.

4. 선전공작대의 복무 기한은 1년으로, 제1기로 하되 양방의 협의에 의하여 연기할 수 있음.

5. 대한 독립 전쟁이나 기타의 이유로 제국익문사가 필요할 시時나 영방英方의 요구가 있을 때에는 일부분 혹은 전부의 인원을 주환調換할 수 있음.

6. 선전공작대의 공작을 유효有效히 전진시키기 위하여 제국익문사는 상주 대표 1인을 인도에 파견하여 전반 동작全般動作에 있어서 밀체密切히 합작케 함.

7. 상주 대표 1인은 재인 영군在印英軍 Lieutenant Colonel, 부령副領(중령)과 동등한 대우를 받고, 대장은 재인 영군 Major, 참령參領과 동등한 대우를 받으며, 대원은 재인 영군 Lieutenant, 부위副尉(중위)와 동등한 대우를 받되 공작상 우수한 공적이 있는 자는 특별 장려를 받음.

8. 영국군이 포획捕獲한 대한인大韓人 부로俘虜(포로)에게 선전공작대 인원이 자유롭게 접촉케 해서 가능하면 그들을 훈련하여 복무케 함.

9. 상술上述(위에 진술)했듯 선전공작대와 연락대 인원의 파견 조환派遣調換 혹은 철회撤回에 수요需要되는 일체 경비는 영방英方에서 부담함.

10. 연락대와 선전공작대 인원은 영군 군관과 동일한 여행상 편리와 대우를 향수享受(혜택을 받아 누림)함.

11. 대隊의 인원이 전선에서 공작할 때는 무료로 거주의 편의를 주되 그것은 장막 생활帳幕生活이 되기 쉬움.

델리를 비롯한 기타 도시에서 공작할 때에 만약 영방의 숙소가 아닌 여관에 거주할 수 있을 때의 비용은 영방에서 부담함.

　12. 연락대는 델리와 캘커타의 영방에서 제공한 사무소에서 근무하며 전선과 캘커타, 델리, 중경을 이어 연락 일체를 담당함.

　연락대 역시 선전공작대와 같은 급여와 대우를 받음.

　13. 제국익문사 주인(住印) 대표는 주로 델리에 거주하고 그의 판공 생활 여비 등 비용은 상당한 대우로 영방에서 부담함.

　"나쁜 것은 전혀 보이지 않는군요."

　나쁜 정도가 아니라 이 정도라면 엄청나게 좋게 느껴졌다.

　우리 대원들은 우리가 원하면 언제든 철수시킬 수 있었고, 그들의 모든 체재비와 월급은 영국에서 지원했다.

　그리고 파견되고 돌아오는 것도 영국에서 모두 지원하는 상황이었다.

　우리는 요원들을 파견해 주는 것을 제외하면 특별히 해야 할 일이 없었다.

　공작대의 효과는 김원봉이 이끌었던 조선민족혁명당의 한 지성이 동남아 등지에서 증명했었기에 영국도 적극적으로 우리의 편의를 봐주면서 협상을 진행했다.

　"김덕진 통신원이 잘 협상해 좋은 조건의 협정서를 받을 수 있었습니다, 전하."

　"그가 가장 고생했군요. 피재길 사기에게도 협상이 마무리 단계에 들어갔음을 알려 주세요."

제국익문사 훈련소를 총괄하는 훈련소장인 피재길은 미국에게 2기 훈련생을 위탁 교육을 맡기고 나서, 남아 있던 1기생의 심화 교육에만 신경 쓰고 있었다.

그리고 그 교육이 최근 끝나 1기생들이 각 임무지로 떠났기에, 위탁 교육을 맡긴 훈련생의 훈련 모습을 가끔 참관하는 것 외에는 특별한 일 없이 지내고 있는 상태였다.

중경에서는 더는 훈련소를 운영하지 않는다는 내 방침에 따라 할 일이 없어진 그를 본 심재원이 인명전구공작대, 지금의 대한군 선전공작대와 제국익문사 연락대의 대장으로 파견하는 것이 어떤지 건의했다.

마침 책임감 있는 지휘관을 찾던 중이라 그가 딱 맞았고, 그를 불러 의사를 타진해 보니 이런 제안에 그도 만족했다.

결국 훈련소장직은 임시로 선임교관에게 대리를 맡기고 재인 제국익문사 대표로 내정되었다.

그런데 마침 2기생의 교육이 모두 끝나는 9월이면 훈련소 자체가 잠시 없어지고, 교관들도 모두 일선에 투입되어야 했다.

그래서 후임 훈련소장은 공석으로 두기로 의논을 끝냈다.

"알겠습니다. 그리고 미국과의 협상도 어느 정도 윤곽이 잡히는 느낌입니다, 전하."

심재원은 내가 영국과의 협정서를 봉투에 넣어서 돌려주

자 다른 서류를 한 장 건네주었다.

서류를 살펴보니 이제 본격적인 협상에 들어갔음을 알 수 있었다.

"영국보다 빠를 것이라 생각했었는데, 늦어지는군요."

"저희도 이야기가 핵심을 벗어나서 빙빙 도는 느낌이 들어 이상하다고 생각했었습니다. 그런데 최근에 아주 이상한 말을 미국의 통신원에게서 듣게 되었습니다."

내가 서류를 살펴보면서 묻자 심재원이 아주 조심스러운 목소리로 내게 말했다.

"이상한 말요?"

"이 부분은 확인해 보려고 했으나, 정확히 확인하지는 못한 부분입니다. 단지 워싱턴에서 정보를 모으던 요원이 미국의 정가 관계자끼리 대화하는 것을 얼핏 엿들었는데, 대한인 중에서 지금의 임시정부, 제국익문사와 손을 잡는 것은 아주 위험하다고 말한 사람이 있다는 것입니다. 지금의 임시정부는 공산주의와 손잡은 상태이니 임시정부를 지원하면 후에 한반도가 공산화될 수 있다는 말이었습니다. 다만 누가 언제 어떤 이유로 말한 것인지는 확인하지 못했습니다. OSS나 White House 쪽에서는 임시정부에 황실이 함께한다는 것을 알고 있어서인지 별다른 동요는 없었는데, 공화당과 민주당의 인사 중 몇 명이 제국익문사와의 협정을 반대하고 있었습니다. 지금까지 협상이 지지부진했던 것과 소문, 그리고 협상에 임하는 미국 정부의 태도를 보면, 누군가 그런 말을 했을 정황적 증거는 분명히 있습니다, 전하."

심재원의 말을 들으면서 몇 명이 떠오르기는 했으나, 아무런 증거도 없었고 확인되지 않은 일로 비난하거나 목표를 정해 증거 조사를 할 수는 없었다.

"혼란스러운 상황에 대한인이 그런 일을 했을 것이라고는 믿고 싶지 않네요. 일단 정확한 증거가 나올 때까지 면밀히 조사하고, 섣부른 추측은 하지 마세요. 그래도 이야기가 진행되는 것을 보니 그런 불식을 종식시켰다고 봐도 되겠지요. 우리는 이 일이 집중합시다."

"말씀대로 하겠습니다, 전하."

"미국에서 우리 쪽 제안을 긍정적으로 보던가요?"

이미 서류상으로는 우리가 제안한 방식대로 논의를 하는 중이었지만, 협상장의 분위기가 궁금해 심재원에게 물었다.

물론 심재원도 미국에서 진행되고 있는 협상에 직접 참여하지는 않았지만, 제국익문사의 보고서는 아주 상세하게 올라오는 특성이 있으니 심재원은 분명 알고 있을 것이다.

"처음 제안을 했을 때는 그 전술의 과감함에 놀랐으나, 지금은 어느 정도 실현 가능한 것인지 면밀히 확인하기 시작했습니다. 회장의 분위기도 처음 제안했을 때와는 다르게 많이 좋아졌다고 들었습니다, 전하."

"중국의 요원들은 몇 명이나 이동했나요?"

"지금까지 목표 지역으로 합류한 인원은 총 64명입니다. 앞으로 예정되어 있는 요원까지 합치면 1백 명 정도의 인원이 합류할 것입니다, 전하."

"일본이 동남아시아와 중국 전선에 전력을 쏟고 있을 때가 가장 적기예요. 전력을 다해서 정보를 모아 주세요."

"독리께서도 전력을 다하고 있으니 빈틈없이 준비할 것입니다, 전하."

"한순간 삐끗하면 지금보다 더 어려워질 것이에요."

큰 틀은 내가 만든 것이지만, 세부적인 사항은 제국익문사의 노력으로 수립된 계획이었다.

전쟁을 한순간에 뒤엎어 버리려면 전선이 최대한으로 넓어진 지금이 적기였다.

"오늘 올라온 만주의 보고서입니다. 일본은 아직까지 소련이 자신들을 칠 것이라고는 생각하지 않고 있는 것으로 보입니다, 전하."

만주의 관동군은 서쪽의 전선에서 중국공산당과의 전선 유지와 확보한 철길의 치안을 유지하는 데 주력하고 있음. 소련 전선의 병력 증가는 없음.

"다행이군요. 그럼 지난번 소련의 보급선 침몰은 일본과 상관없다고 보는 것인가요?"

"지금까지의 판단은 그렇습니다. 그런데 독일이 했다고 하기에는 이동거리가 너무 만만치 않고, 미국과 소련에서도 마땅한 함대를 발견하지 못해 정확한 상황은 파악이 되지 않습니다, 전하."

마땅한 함대라는 말에 혹시 U보트가 아닌가 생각되었다.

2차 세계대전에서 해저의 암살자로 불렸던 배였다.

하지만 잠수한 상태로는 대서양에서 태평양까지 오는 거리를 항속하는 게 불가능한 것으로 알고 있는데, 아무도 발견하지 못했다는 말에 이상함을 느꼈다.

"이상하군요. 소련의 배가 침몰했으니, 일본이 관여하지 않았더라도 육군의 소련에 대한 경계는 늘어날 법한데⋯⋯."

여러 가지 면에서 의혹이 말끔해지지는 않았지만, 몇 가지 가능성은 떠올랐다.

독일의 U보트가 내가 알고 있는 것보다 항속거리가 길거나, 일본 해군이 독일과 협력해 소련의 보급선을 공격했으나 육군에는 따로 통보를 하지 않은 것이었다.

후자 역시 지금의 일본 육해군의 상황이라면 충분히 가능할 거라 느껴졌다.

"저도 그렇게 생각해 더 면밀히 조사하라고 지시했습니다. 일본 역시 적국에 대한 정탐을 하고 있을 텐데 알지 못하는 게 이상했습니다, 전하."

"혹시 소련의 보급선이 침몰하면서 공격받는다는 무전 같은 것을 받았는지는 확인해 봤나요?"

U보트인지 아닌지 확인하기 위한 질문이었다.

일반적인 함대가 가서 공격한 것이라면 보급선 쪽에서도 다가오는 선박을 확인하고 무전을 했을 것이다.

"지금까지 확인된 바로는 없었습니다. 그들도 자신들의 보급선이 침몰한 것을 알게 된 게 입항해야 하는 날이 지나도 입항하지 않아서였기 때문에 무전은 없었던 것으로 보입니다. 우리 요원이 확인한 바로는 입항 예정 날의 부두에서도 별다른 징후 없이 평소와 같이 하역할 준비를 했었다고 합니다, 전하."

심재원의 보고로 일반적인 함대가 아닌 잠수함의 공격을 받았다는 게 확실해졌다.

하지만 세 척의 보급선 이후에 두 척의 보급선이 더 침몰했으니 총 다섯 척의 보급선을 구조 무전도 못 보낼 정도로 한 번에 침몰시켰다는 것 자체가 보통의 잠수함으로 보기도 힘들었다.

"잠수함이 유력하겠군요."

"그렇습니다. 미국도 그리 추측하고 있습니다. 그런데 일본이 그 정도의 잠수함을 운용한다는 자료가 없어서 조금 혼란에 휩싸인 것으로 느껴졌습니다, 전하."

내가 독일이라 추측하는 것은 내가 독일에게 떡밥을 던진 장본인이었기 때문이다.

아무리 미국이라도 지구 반 바퀴를 돌아야 하는 거리라 독일을 의심하기는 쉽지 않았다.

"우리가 정보를 줄 이유는 없지요. 그래도 일단은 우리와 직결된 일이니 심 사무가 직접 정보를 챙겨 주세요."

"알겠습니다, 전하."

※※※

영국과의 협정은 전에 결정한 대로 심재원 사무가 직접 델리로 가 서명하기로 했다.

심재원 사무가 서명하는 동시에 중경에서 대기하고 있던 대한군 선전공작대와 연락대 선발 요원들이 영국군에서 준비한 군용기를 타고 캘커타로 이동했다.

"잘 떠났는가?"

나는 경호상의 문제로 가지 못하고, 떠나는 대원들을 배웅하고 온 무명에게 물었다.

"무명 사기가 직접 배웅하고 왔습니다. 피재길 사기도 드디어 제대로 된 작전에 참여한다고 기쁜 얼굴이었다고 했습니다. 여기 이 사진이 비행기 탑승 전에 촬영한 영상입니다, 전하."

최지헌도 내 경호를 위해 참석하지 않았고, 다만 대표로 참석한 무명의 말만 전했다.

최지헌은 내 착상 위에 몇 장의 사진을 올려놓았다.

50여 명에 이르는 사람들이 마치 축제를 가는 듯 웃으며 영국군의 군용기를 배경으로 찍은 사진이 있었다.

그리고 그 뒤에는 태극기와 오얏꽃 문양이 들어간 황실기를 배경으로, 다섯 명씩 촬영한 사진도 있었다.

한 장씩 사진을 확인하고는 최지헌에게 다시 돌려주었다.

"사진이 잘 나왔네요. 잘 보관하세요."

"소중히 보관하겠습니다, 전하."

"심재원 사무는 언제 돌아온다고 하던가요?"

"오늘 서명을 마치고 인도 총독부에서 준비한 연회에 참석한 뒤, 내일 비행기 편을 통해서 돌아온다고 들었습니다. 도착은 모레 새벽이 될 것입니다, 전하."

"임시정부는?"

"3일 전에 성재를 통해서 통보했는데, 광복군 대원이 참여하지 못한 것을 많이 아쉬워했습니다. 하지만 이시영 재무부장, 김구 주석도 광복군과 제국익문사의 훈련 차이를 잘 알고 있어서 제국익문사의 요원으로 구성된 것에 대해서는 별다른 말이 없었고, 연합국의 일원으로 인정받을 수 있는 길이 생긴 것에 대해서는 많이 기뻐했었습니다, 전하."

이번 일을 진행하면서 임시정부에 알리면 중화민국이나 밀정을 통해 너무 많은 사람들에게 알려질 수 있어 의도적으로 임시정부를 배제했었다.

그런데 임시정부를 배제한 것까지는 좋았으나, 독리와 편지를 주고받으면서 우리가 너무 임시정부를 배제하면 후에 유대 관계에서 문제가 생길 수 있다는 말을 했었다.

그래서 다음 작전은 임시정부의 고위직과는 어느 정도 교감을 가지면서 하기로 결정했다.

"성재와 김구 주석에게 며칠 내로 만났으면 좋겠다는 말을 전하세요."

"재무부장께 전하겠습니다, 전하."

※

최지헌과 무명이 밖으로 나가고 얼마 지나지 않아 중경 사무소에서 근무하는 요원이 헐레벌떡 뛰어와 내 방 앞에서 문을 두드렸다.

"들어오게……. 무슨 일인가?"

"전하, 요시나리 히로무 대위가 임시정부로 찾아왔습니다, 전하."

급하게 뛰어온 요원이 숨을 헐떡이며 하는 말을 순간적으로 못 알아들었다.

이곳에서 들을 리 없는 이름이 그의 입에서 튀어나와 뇌가 인식을 못 한 듯 한참을 멍하니 그를 바라보다 놀란 목소리로 외쳤다.

"히로무!"

"그렇습니다, 전하."

"지금 어디에 있는가? 왜 이리 오지 않고 임시정부로 간 것인가? 그는 멀쩡하던가? 건강하던가?"

이곳으로 오고 나서 많은 사람을 만났고, 많은 사람들과 도움을 주고받았지만, 진짜 편하게 친구로 마음을 주고받은 사람은 요시나리 히로무가 유일했다.

나를 도와주었다는 이유로 일본에 핍박을 받고, 연락이 끊어졌었다.

그런데 그가 일본도 아닌 이곳으로 나를 찾아온 것이다.

"전하, 진정하시고 하나씩 물어보시면 요원이 대답할 것입니다."

내가 흥분한 것 같아 보였는지 최지헌이 사무실로 들어와 나를 진정시켰다.

그의 말에 나도 흥분된 마음을 짓눌렀다.

"어떻게 찾아온 것인가? 처음부터 다 말하게."

"제국익문사와 연락할 방법이 없어 임시정부의 이시영 재무부장을 찾아왔다고 전해 왔습니다. 일단 밀정일지 알 수 없어 전하께서 살아 계심을 알리지는 않았는데, 전하의 사망 이후 병으로 군을 나와 여행한다는 명목으로 중국을 여행하다 탈출했다고 말했습니다. 자세한 사항은 지금 임시정부의 재무부장실에서 이시영 재무부장과 그간의 일에 대해 이야기를 나누고 있다고 들었습니다, 전하."

요원의 말 중에서 밀정이라는 말이 내 귀를 잡아 끌었다.

가슴속에서는 히로무가 절대 그럴 리 없다고 생각했다.

이전 생을 살았던 이우 공의 기억 속에서도 그는 이우 공이 죽는 순간까지도 이우 공의 편에서 일본과 맞섰던 사람이었다.

하지만 이성적으로 생각했을 때에는 일본에서는 내가 죽은 것으로 되어 있는데 이곳까지 왔다는 게 조금 이상하기는 했다.

내가 그에게 임시정부에 대한 이야기를 한 기억은 있는데 내가 탈출하는 세부적인 일에 대해서 의논한 적이 있는지 기억나지 않았다.

그가 만약 일본의 밀정이라면 내 존재를 드러내는 것은 정말 위험했다.

"그는 건강해 보이던가?"

처음보다는 조금은 차분해진 목소리로 요원에게 물었다.

"고문의 후유증인지 왼팔을 완전히 절단한 상태였습니다. 그리고 먼 길을 걸어오느라 지친 상태였습니다, 전하."

요원의 말을 듣는데 머릿속이 번쩍하고 번개가 치는 느낌이었다.

그가 나에 대해 일본에 밀고했다면 일본 귀족원 사건 직후에 나에게 변화가 생겼어야 했다.

그 이후로도 나에 대한 일본의 감시가 늘어나거나 하지는 않았다.

결정적으로, 나에 대해 붙었다면 내가 일본을 탈출할 때에 감시를 그렇게 허술하게 할 리가 없었다.

"내가 직접 만나지. 자네는 성재에게 전갈傳喝을 넣어 히로무를 데리고 만날 수 있는 곳을 알려 주게."

"전하, 심재원 사무가 있었으면 분명 말리셨을 것입니다. 그가 밀정이 아니라는 것을 확신하기 전까지는 만남을 잠시 미루는 것이 어떠십니까, 전하."

최지헌은 내 질문에 만나는 장소를 알려 주는 것이 아니라 나를 만류했다.

"그가 밀정이었다면 내가 이곳까지 오지도 못했을 걸세. 이미 나 때문에 많은 것을 희생한 사람이야. 더는 내 친우를 모욕할 수는 없네."

나는 히로무가 밀정이 아니라는 것을 확신했지만, 제국익문사의 요원은 내 말에 동의하지 않는 분위기였다.

"하오나 전하, 그가 밀정일 경우에는 지금까지의 노력이 허사가 될 것입니다. 그리고 앞으로 할 작전의 중요성에 대해서도 생각해 주십시오, 전하."

최지헌은 아주 간곡하게 내게 부탁했다.

내 뜻을 밀어붙이면 당연히 내 뜻대로 될 수 있었지만, 마냥 내 뜻을 밀어붙이기에는 사안이 중요했기에 잠시 생각하다가 더 밀어붙이지 않고 사무실의 의자에 몸을 묻었다.

"알겠네, 그럼 3일 뒤에 심 사무가 돌아오니 그와 상의하고, 히로무를 만날지에 대해 결정하지. 일단은 성재에게 전해 내가 모든 여비를 부담할 테니 최대한의 편의를 봐주라고 말이야."

조금 누그러진 내 대답에 최지헌이 조금은 안심한 얼굴이 되었다.

"이미 이시영 재무부장에게 최대한 정중히 모셔 달라고 부탁했습니다. 그리고 전하께서 조금 전에 말씀하셨던 김구 주석과 이시영 재무부장 두 분과의 만남에 대해서는 이전 그대로 전하면 되겠습니까, 전하?"

요시나리 히로무라는 아주 큰 변수가 떠올라서인지 최지헌은 아까 결정했던 사항에 대해 다시 물어 왔다.

"그대로 전하게."

"알겠습니다, 전하."

히로무가 왔다고 해도 지금까지 준비했던 작전이 달라지는 것은 없었다.

이미 톱니바퀴는 굴러가기 시작했고, 그것은 이제 누구도 멈출 수 없는 거대한 움직임이 되었다.

김구 주석과 성재는 이미 내가 만남을 요청해 올 것을 짐작했는지 빠르게 답해 왔고, 제국익문사에서 준비한 모처에서 저녁에 만남을 가졌다.

서로 다른 건물의 입구로 들어와 중앙의 건물로 이어진 비밀 통로를 통해 만나는 형태로, 밖에서 관찰해서는 우리가 한곳에서 만난다고 짐작할 수 없는 구조의 건물이었다.

내가 먼저 도착해 잠시 기다리자 문이 열리는 소리가 들리고, 김구 주석과 성재가 함께 들어왔다.

낮은 천장은 나에게는 그리 문제가 되지 않았는데, 김구 주석은 고개를 살짝 숙인 상태로 방으로 들어왔다.

"어서 오세요. 일단 이쪽으로 앉으세요. 많이 불편해 보이시네요."

내가 김구 주석을 바라보면서 웃자 그도 내 웃음의 뜻을 알았는지 미소를 지었다.

"전하, 저를 놀리시려고 이곳에서 보자고 하신 것 같습니다."

"설마 제가 주석께 그리하겠어요? 지난번 테러 이후로 제국익문사가 조금 민감해져서 그런 것이니 이해하세요. 성재도 어서 오세요."

"그간 너무 소원했던 것 같습니다, 전하."

'중경 테러' 이후 매주 하던 보고를 없애고 제국익문사의 사무소를 통해 정보를 주고받다 보니, 편지로는 자주 만났지만 실제로 얼굴을 보는 것은 한 달이 훨씬 넘는 기간이 지나 있었다.

"상황이 그리된 것이니 너무 마음 쓰지 마세요."

"송구합니다, 전하."

두 사람이 자리에 앉자, 시월이가 미리 가져다 놓았던 찻물을 그들에게도 따라 주었다.

"내 친우가 임시정부로 찾아왔다고요?"

"그렇습니다. 전하의 당부대로 시내의 호텔을 잡고 임시정부의 사람을 붙여 놓았으니, 생활하는 데에는 불편함이 없을 것입니다, 전하."

김구 주석은 내가 따라 준 찻물을 마셨고, 이시영이 내 질문에 대답했다.

"친우가 왔는데 직접 만나지 못하는 것이 한스럽군요. 김구 주석께서도 만나 보셨나요?"

"저도 만나 보았습니다. 이미 군을 나온 사람이지만, 일본군 장교와 마주 보고 대화를 나눈다는 것은 새로운 경험이었습니다. 그리고 그가 가져온 자료도 유익했습니다."

"자료요?"

히로무는 불편한 몸이라 자기 한 몸 탈출하기도 힘들었을 텐데 자료를 가져왔다고 해 놀랐다.

"여기 이 자료들입니다. 조선 주둔군과 만주군의 편성 상황에 대한 자료와 일본군의 무장 정도를 조사한 자료였습니다, 전하."

내 질문에 성재가 자료를 내려놓으면서 대답했다.

성재가 내려놓은 자료를 들어 올려 살펴보니 내가 알고 있던 것과 조금은 달라진 자료가 있었다.

이미 조선 주둔군의 군대를 재편해 관동군으로 합류시켜 중국과의 전쟁을 대대적으로 준비하고 있는 게 보였다.

"그리고 히로무 대위는 지금 일본 육군은 베트남과의 철도 연결을 위해 대대적인 공세를 준비하고 있다고 했습니다, 전하."

내가 자료를 읽고 있을 때 성재가 이어서 말했다.

이 부분은 이미 제국익문사가 수집한 자료로 어느 정도 짐작하고 있었다.

소련 국경선에는 병력 변화가 없고, 중화민국과 중국공산당과 마주한 전선에 대대적인 병력 집중이 되고 있었다.

"이런 것까지 가지고 불편한 몸으로 탈출했는데 내가 직접 맞아 주지 못해서 정말 미안하군요."

"히로무 대위는 전하께서 살아 계신 것은 모르는 듯했습니다. 그는 전하의 죽음을 보고 나서 일본 제국을 탈출하기로 마음먹었고, 지금까지 모았던 자료를 모두 가지고 탈출했다고 했습니다. 만주에서부터 수만 리를 걸어서 이곳까지 오느라 긴 시간이 걸렸다고 들었습니다, 전하."

그의 말을 나는 완벽히 신뢰하고 있었지만, 나 혼자만의 일이 아니었기에 그를 만나는 것은 여러 사람의 의견을 들은 후라고 생각했다.

"나를 대신해 성재께서 잘 대해 주세요. 일단 오늘 두 분을 뵙자고 한 이유는, 내가 미국과 함께 계획하고 있는 일이었어서입니다. 이 일은 실제 작전이 실행되기 전에는 두 분 외에는 절대 아는 사람이 있어서는 안 됩니다."

히로무에 대한 대화를 마치고 두 사람에게 이렇게 말하자, 두 사람은 무슨 말인지 궁금한 얼굴로 나를 바라봤다.

"알겠습니다, 전하."

"알겠습니다."

두 사람의 대답을 듣고, 나는 가져온 자료를 탁자 위에 올려놓고 두 사람이 볼 수 있게 했다.

"일단 이 서류에 나와 있듯 미국 대통령을 비롯한 전략사무국이 우리와 협력하기로 했고, 미국 국방부도 지금까지 협상으로는 우리와 협력하기로 했습니다. 이 작전으로 일본과의 전쟁 양상을 한 번에 뒤집을 수 있으리라 예상하고 있습니다."

서류를 살펴보던 두 사람의 눈에 놀라움이 비치기 시작했다.

아직 임시정부 자체적으로는 이제 막 광복군을 만들어 군사작전에 나서겠다는 의지를 보여 주고 이번 시안 방어전에 참여했을 뿐 제대로 된 군사작전을 지휘하거나 계획한 적은 없었다.

그런데 제국익문사가 연합군의 대규모 군사작전을 계획하고 참여한다는 것에 놀란 것 같았다.

"이미 미국과 협상을 진행하고 있으신 겁니까?"

김구 주석은 서류를 살펴보다가 놀란 표정으로 나를 바라봤다.

"지금 진행하고 있어요. 영국과의 협상은 사안의 특성상 임시정부에 비밀로 했으나, 나와 함께하는 임시정부에 내가 신뢰하지 않는다는 인상을 줄 것 같아서 아직 협상이 마무리되기 전에 알려 주는 것이에요."

"저에게 알린다는 것은 이미 협상이 거의 끝나 간다는 뜻이겠습니다. 우리 광복군도 이 작전에 참여할 수 있으면 좋겠습니다."

김구 주석의 말에 나도 작은 미소를 지으면서 주석을 바라봤다.

"광복군이 함께하는 것에는 나도 긍정적이지만, 이미 광복군 대원의 신상은 일본에도 알려져 있을 거예요. 일본군 지역을 지나 침투해야 하는데 그것은 불가능하니……. 1차 구역을 확보하고 나면 2차로 증병 시에 중화민국의 미 공군 기지에서 비행기를 통해 증원하기로 했으니, 그때 광복군도 함께 침투하는 것은 어떤가요?"

제국익문사의 요원들은 제국익문사를 제외하고는 정확한 신변을 알고 있는 곳이 없어 일본에 정보가 없을 가능성이 높았다.

반면에 광복군 대원들은 공개되어 있는 사람들이라 일본이 알고 있다고 보는 게 맞았다.

"그렇게라도 작전에 참여할 수 있다면, 임시정부로서는 영광입니다."

내 말이 타당하다고 생각한 김구 주석은 처음부터 참여하지 못하는 것에 마른침을 삼켰다.

"오늘 주석과 저를 찾으신 것은, 이 일을 의논하시기 위해서였습니까, 전하?"

성재는 서류를 살펴보면서 조심스럽게 내게 말했다.

"그래요."

"사실 저는 요시나리 히로무에 대한 말씀을 하실 것이라고 생각했었습니다, 전하."

히로무가 중경에 도착하고 그날 바로 내가 김구 주석과 성재를 만나자고 했으니 시기가 충분히 오해할 만했다.

"그에 대한 문제는 성재가 나만큼 잘 대해 줄 것이라 믿었으니 생각지도 않았고, 이제 몇 개월이 남지 않은 이 일을 해결하는 것이 훨씬 중요했어요."

"그런데 이 일이 가능하겠습니까? 저항이 만만치 않을 것입니다."

내 말이 끝나자, 김구 주석이 서류를 유심히 살피고는 말했다.

"물론 상당히 공격적이고 과감한 작전이란 것은 잘 알고 있어요. 미국도 그리 이야기했었지만, 이 지역은 생각보다 일본군의 병력이 얼마 없어요. 그래서 우리의 계획대로는 충분히 가능하다고 결론지었어요."

이미 1년 전부터 수십 번의 조사를 마친 상태였다.

애초의 계획은 미국과 상관없이 적당한 시기를 찾으려는 거였지만, 미국의 지원으로 그 시기가 훨씬 앞당겨진 상태였다.

"임시정부에서 지원할 일이 있으면 언제든 말씀해 주십시오. 임시정부도 최선을 다해 돕겠습니다."

"앞으로는 우리가 함께 훨씬 많은 난관을 헤쳐 나가야 하니 주석과 내가 더욱 긴밀한 관계를 유지합시다."

내가 자리에서 악수를 건네자, 김구 주석은 웃으며 내 손을 잡았다.

그 뒤로 거의 1시간에 가까운 시간 동안 세부적인 작전 내용을 설명하고, 임시정부의 지원이 필요한 부분에 대해서도 대화했다.

서로 은원관계가 전혀 없다고 할 수는 없었지만, 김구 주석과 나 둘 다 대의가 무엇인지는 잘 알고 있어서인지 별다른 잡음 없이 유익한 대화가 지속되었다.

대화를 마치고 나왔을 때는 이미 늦은 밤이라 거리가 한산
하게 변해 있었다.

숙소로 가기 전 잠시 사무실에 들렀는데, 사무실에서 심재
원 사무를 대신해 업무를 보고 있던 이상결 상임통신원이 사
무실로 들어오는 내게 인사했다.

"오셨습니까, 전하."

"늦은 시간까지 수고하네요. 일이 많은가요?"

"심재원 사무가 돌아왔을 때 확인하기 쉽도록 정리하고 있
었습니다, 전하."

"아직 시간이 많이 남았는데 쉬엄쉬엄하도록 해요. 캘커
타로 가는 요원들은 잘 도착했다고 하던가요?"

중경에서 캘커타는 직선거리로는 2천 킬로미터 정도 되
는, 멀지 않은 거리라 오전에 출발했으니 이미 도착했을 것
으로 생각되어 이상결에게 보고가 올라왔나 확인했다.

"영국군의 전보로 비행기가 목적지에 잘 도착했음을 알려
왔습니다, 전하."

"그래요. 그것 말고는 다른 일은 없었나요?"

"전하께서 나가시고 얼마 안 되어 경성에서 독리의 보고
서가 왔습니다. 보고서에 여운형의 편지도 함께 왔습니다,
전하."

"이쪽으로 주세요."

이상걸이 대답하며 내민 보고서를 받아 그가 근무하는 3
층 사무실을 지나쳐 내 방으로 들어갔다.

　전하께서 지시하셨던 부분에 대한 자료를 별첨했습니다.

　처음 계획을 수립할 때에는 이미 일본의 기세가 꺾인 상태에
서 거사를 일으킨다는 계획이었기 때문에 대대적인 수정이 필
요했습니다.

　기존의 계획으로는 민간의 피해가 그리 크지 않을 것이라고
생각했으나 수정된 계획으로는 완벽한 치안 유지는 불가능하
다는 결론이 나왔습니다.

　피해를 최소화하기 위해 지하동맹과 연계해 세부 계획을 수
립하고 있습니다.

　하지만 지금의 계획으로는 모든 안전을 장담하기에는 불가
능합니다.

　사안의 중요성은 잘 알고 있으니 전하의 뜻을 이룰 수 있게
만반의 준비를 하겠습니다, 전하.

독리의 보고서를 읽고 나서 몽양이 보낸 편지를 읽었다.

그 편지는 미국과 협상을 시작하며 계획이 앞당겨진다는
것을 알린 것에 대한 답장으로, 지하동맹은 언제든 활동이
가능하도록 준비를 마쳤다는 내용이었다.

내가 없는 한반도 안에서 여운형은 혼신의 힘을 다해 지하 동맹을 정비하고, 미래를 준비하고 있었다.

두 장의 편지를 내려놓고 독리가 보낸 보고서를 들어 올렸다.

보고서에는 지하동맹과 제국익문사에서 수집한, 상당한 양의 자료들이 들어 있었다.

그 자료와 함께 히로무가 가지고 온 자료를 비교하면서 어느 게 더 정확한지 확인했다.

기본적으로 서류를 작성할 때에 양쪽의 자료가 다르면 두 자료 중에서 더 많은 병력이 있는 자료를 기준으로 삼았다.

적을 약하게 생각하는 것보다는 최대치로 설정하는 것이 더 안전하다고 판단했기 때문이다.

똑똑.

"전하, 시월입니다."

"그래."

"시간이 늦었습니다. 오늘은 들어가서 쉬시는 것이 어떠신가 여쭙습니다, 전하."

시월이의 말에 시계를 바라보니 이미 새벽을 넘어가는 시간이 되어 있었다.

잠깐 정리하고 숙소로 돌아갈 생각이었는데 양쪽의 자료가 양이 많다 보니 내 생각보다 훨씬 늦은 시간이 되어 있었다.

그제야 창문 밖을 바라보니 내가 퇴근하기를 기다리는 네 사람이 눈에 들어왔다.

나를 경호하는 세 사람이야 당연히 있을 것이라 예상했지만, 이상결 상임까지 숙소로 돌아가지 못하고 나를 기다리고 있는 것으로 보였다.

"시간이 늦었구나. 그래, 숙소로 돌아가자."

내가 일하는 것은 문제가 아니었으나, 나를 경호하는 사람들은 하루 종일 신경이 곤두선 상태로 몸의 긴장을 유지하고 있어 많이 피곤할 것이다.

이곳에서 계속 일을 보는 것은 내 건강보다도 주위 사람들에게 폐가 된다고 생각되어 서류를 정리하고 일어났다.

그리고 아직 살펴보지 못한 서류는 따로 챙겼다.

"먼저 숙소로 가도 괜찮은데 나 때문에 쉬지도 못한 것 같군요."

"아닙니다, 전하."

웃으며 대답하는 이상결의 얼굴에는 피로가 쌓여 있는 게 한눈에 보였다.

숙소로 가는 길은 이미 새벽이 늦어서인지 새벽의 습기를 가득 머금은 공기가 나를 반겼다.

묘하게 기분 좋은 그 공기를 가슴 깊이 받아들이며 걸어가자 얼마 지나지 않아 숙소에 도착했다.

5장

전날 사무소에서 다 확인하지 못한 서류를 새벽까지 정리
해 마치고 잠들어서인지 눈을 떴을 때는 이미 해가 중천에
이른 시각이었다.

늦잠을 자서 찌뿌둥한 몸을 간단한 스트레칭으로 풀었다.

매일 아침 하는 운동을 늦잠 자느라 건너뛰어서인지 더 몸
이 안 풀리는 기분이었다.

창문을 열어 놓고 몸을 풀고 있을 때, 내 움직이는 소리에
내가 깼음을 안 것인지 시월이가 세숫물을 가지고 방으로 들
어왔다.

"이미 우물가가 소란스러워 오늘은 제가 가지고 왔습니
다, 전하."

평소에는 내가 우물가에 가서 씻는데, 1층의 식당이 점심 준비에 들어가는 시간이라 이용하기 힘들어 가져온 것 같았다.

"고마워. 다른 이들은 전부 준비를 마쳤나?"

평소보다 훨씬 늦은 시간에 일어났다. 새벽 늦게 숙소로 들어오며 늦게 일어날 것이라고 미리 말을 해 놨지만, 나를 경호하는 세 사람은 평소와 같이 일어났을 게 뻔해 물었다.

"각자 방에서 휴식을 취하고 있습니다, 전하."

"시간이 늦었으니 점심을 먹고 사무실에 갈 거니까 다들 그리 전하고, 시월이 너도 쉬도록 해라."

"알겠습니다, 전하."

세수를 대충 마치자 시월이가 세숫물을 가지고 나갔다.

새벽까지 살펴보다 그대로 탁자 위에 어질러져 있는 서류들을 다시 살펴봤다.

한 글자 한 글자가 사람의 생명을 더 살릴 수 있다는 생각으로, 이 자료 안에 담겨 있는 모든 내용을 파악하기 위해 노력했다.

식당에서 점심을 먹고 사무실로 가니 점심을 먹으러 다들 자리를 비워 당직을 서고 있는 요원만이 나를 반겼다.

책상 위에는 오전 시간을 비워서인지 이곳저곳에서 온 보고서가 놓여 있었다.

평소에는 심재원이 확인을 하고 내 확인이 필요한 서류만 넘겨주어 받아 보는 보고서가 적었는데, 그가 자리를 비우고 모든 서류를 내가 넘겨받으니 서류의 양이 평소보다 훨씬 많이 있었다.

이미 웬만한 결정을 다 해서인지 하루 종일 올라오는 보고서를 확인하고 정리할 뿐 특별한 일은 없이 하루가 지나갔다.

⁂

중경에서 돌아오는 심재원이 숙소로 가지 않고 사무실로 바로 올 것이라 생각했다.

그래서 당직 근무를 하는 인원을 제외하고 모두 숙소로 돌려보내고는 나와 무명, 최지헌, 시월이, 이상결만 사무실을 지켰다.

최지헌이 노점에서 사 가지고 온 국수로 간단히 야식을 먹고 있을 때, 아래층에서 차 소리가 나더니 얼마 지나지 않아 심재원과 요원 몇 명이 사무실로 올라왔다.

"기다리고 계셨습니까, 전하."

"먼 길을 갔다 오는 사람인데도 숙소로 바로 가지 않고 일하러 올 것 같아서 말리기 위해 기다리고 있었어요."

일주일 정도 걸린 짧은 일정이었지만, 음식이 맞지 않았는지 이전보다 말라 보이는 심재원에게 웃으며 말했다.

"자리를 비웠으니 급한 일이라도 파악하기 위해 잠시 들렀습니다, 전하."

"내일 아침에 해도 되는 것을……. 그런데 얼굴을 보니 심사무에게 인도는 맞지 않았나 봅니다."

"공항에서 내리니 이곳도 덥다고 생각했는데, 제 생각과 다르게 인도는 전혀 다른 공기가 있어 날씨 때문에 고역이었습니다, 전하."

심재원은 씁쓸한 웃음을 지었다.

인도의 날씨를 겪어 보지 않았으나, 영상으로 봤던 기억이 있어 그가 어떤 기분이었을지 짐작이 갔다.

"오늘은 서류를 살피지 말고, 나와 함께 숙소로 가지요. 내가 이상결 상임의 도움을 받아 시급한 사안은 처리했으니, 내일 아침에 와서 해도 늦지 않아요."

"알겠습니다, 전하."

심재원은 내 만류에도 업무를 보고 싶은 표정이었으나, 내가 강권하니 결국 웃으며 들어왔던 길을 나와 함께 돌아 나왔다.

원래는 그에게 히로무에 관한 조언을 얻으려고 생각하고 있었는데, 그의 얼굴에서 피로가 누적된 게 보여 그가 하루만이라도 쉴 수 있도록 했다.

"이게 내가 처리한 서류에 대해 정리한 것이니 잠시 읽어 보고 쉬도록 해요."

숙소로 돌아가는 길에 걱정 가득한 얼굴의 심재원에게 작은 서류철을 건넸다.

그의 성격상 내가 말리더라도 푹 쉬지 못할 걸 잘 알고 있어서 간단히 정리한 서류를 그에게 건네주었다.

"배려 감사합니다, 전하."

"심재원 사무가 열심히 일하고 대한을 위해 노력하는 것은 모두들 알고 있으니, 심 사무의 건강도 생각하면서 일하세요. 심 사무가 너무 무리하게 일하다가 몸이 상하는 것이 더 안 좋은 결과를 가져올 것이에요."

"명심하겠습니다, 전하."

내가 건네준 서류철을 받아 들면서 대답하는 그의 표정을 보니 내 당부가 전혀 먹혀들지 않은 것 같았다.

그는 분명 숙소로 돌아가자마자 내가 건네준 서류를 면밀히 확인하고, 부족한 것이 있으면 아무리 늦은 시간이라도 다른 요원을 시켜 확인할 사람이었다.

"쉬엄쉬엄해요. 사안이 중하지만 조급하게 한다고 달라지는 것은 없어요."

숙소로 돌아와 자신의 방으로 가는 심재원에게 당부하듯 말했다.

하루를 쉬라고 당부했지만 다음 날 아침 사무실에서 만난 심재원은 그다지 푹 자고 나온 얼굴은 아니었다.

내가 평소보다 일찍인 8시가 되기 전에 사무실에 나왔는데 이미 심재원은 사무실에 나와 일을 하고 있었다.

"일찍 나왔네요."

"나이가 들면서 아침잠이 없어져 일찍 나왔습니다, 전하."

심재원은 내가 쉬라고 했는데도 일찍 나온 게 걸려서인지 멋쩍은 웃음을 지었다.

"자료는 많이 확인해 보셨나요?"

내가 자리에 앉자 심재원이 보던 서류를 한쪽으로 치워 놓고 내 쪽으로 다가왔다.

"제가 잠시 자릴 비운 사이에 제법 많은 일이 생겼었습니다. 일단 요시나리 히로무 대위를 안 만나신 것은 좋은 판단을 하신 것이라 생각됩니다, 전하."

"이상결 상임도 똑같은 이야기를 했어요. 심 사무가 생각하기에도 그가 밀정일 가능성이 있어 보이는가요?"

"밀정이라고 생각되는 부분은 거의 보이지 않습니다. 그래도 큰일이 있기 전이라 작은 변화라도 민감할 수밖에 없고, 작은 확률이라도 배제할 수 있다면 배제하는 것이 좋을 것으로 사료됩니다, 전하."

심재원 역시 이상결 상임과 똑같은 반응이었다.

그가 밀정인지 아닌지가 중요한 것이 아니라 큰일을 앞두고 그 일에 영향을 줄 수 있는 행동은 되도록 하지 않는 것이 좋다는 뜻이었다.

길어야 석 달 안에 결정 날 일이었다.

중경까지 온 히로무에게 미안함 감정이 없어지는 것은 아니었지만, 지금은 더 중요한 일이 있어 그와의 만남을 미룰 수밖에 없었다.

"그래요. 콜린 맥켄지는 실제로 만나 보니 어떻던가요?"

다른 사람들에 대해서는 역사적 평가가 어땠는지 대략적으로 알고 있어 협상을 진행하는 데 큰 어려움은 없었다.

그런데 OSS의 유리 제프리와 SOE의 콜린 H. 맥켄지는 실무자이고 실제 가장 중요한 인물들이지만, 역사 속에서 그들에 대한 평가는 없었다.

내가 세계사나 한국 근대사를 전공했다면 알 수 있었을지도 모르지만, 미학과는 미술과 관련된 역사를 중점적으로 배워 그들에 대한 평가는 알 수 없었다.

"제가 영어를 잘하지 못해 그와 직접 대화한 것이 아니라 통역인 김덕진 통신원을 통해서 대화하여서 정확히 파악하지는 못했습니다. 김덕진 통신원이 파악하기로는 우리를 반겨 주고 우리의 편의를 봐줄 때에는 한없이 친절하지만, 표정 변화가 거의 없고 겉과 속을 알 수 없는 사람이라고 했습니다. 그 역시 정보 부서에 근무하는 만큼 표정과 마음을 유지하는 걸 훈련받은 것으로 보입니다, 전하."

"완벽히 신뢰하기는 힘들다는 것이네요."

"신뢰의 문제보다는 그를 통해 정보를 얻어 내기에는 무리가 있다는 말이지요. 그래도 지금까지 보여 준 행동은 앞뒤가 다르거나 하지는 않았습니다. 주의는 해야겠지만 지금까지는 일적으로는 신뢰할 수 있다는 게 김덕진 통신원의 견해였습니다, 전하."

"신뢰도 불신도 아닌 평가이군요."

"우리 지역이었다면 여러 방면으로 조사해 보겠지만, 그곳은 영국군의 지역이라 파악이 쉽지 않습니다. 우리에게 보여 주는 단편적인 부분으로 판단해야 하기에 어쩔 수 없었습니다. 일단 그와 일하며 우리가 신중하게 판단하는 수밖에 없습니다, 전하."

신뢰할 수 있다는 김덕진의 말도 있었지만, 종합적으로는 모든 일을 진행하면서 우리가 신중하게 판단해야 한다는 뜻이었다.

"양쪽 모두 쉽지만은 않군요. 그래도 최소한 신뢰할 수 없는 사람은 아니라니 다행이라고 해야 할까요?"

OSS의 유리 제프리 역시 마냥 신뢰를 하기에는 힘들었다.

이미 두 번에 걸쳐 우리의 정보력을 시험해 봤고, 내게 자신들의 요원이 들키고 나서도 마지막까지도 제국익문사와 나에 대해 감시하려는 행동을 했던 유리 제프리였기에 우리도 그에 대한 경계가 필요했다.

"그렇습니다. 그들 역시 자국의 이익을 위해서 일하는 사람들입니다. 우리가 그들을 이용하려고 하는 만큼 그들도 우리를 이용하기 위해 노력할 것입니다. 자신들의 이익에 부합하지 않는다면 언제든 우리를 버릴 수 있으니, 우리도 대한인의 이익을 위해선 언제든 그들을 버릴 수 있다고 생각하고 행동해야 합니다, 전하."

국가 간의 정치에선 자국의 이익이 우선이고, 섣부르게 누군가를 믿는다는 것이 얼마나 위험한지 역사를 봐서 잘 알고 있었다.

내가 의식하지는 않았지만 어느새 내 얼굴에는 씁쓸한 미소가 지어졌다.

༝ჯ།ჯ༝

오후가 되자 미군 연락관이 보내온 서류가 제국익문사로 바로 도착했다.

유리 제프리가 제국익문사에 대해 파악한 이후 연락관을 직접 내가 있는 사무소로 파견하지는 않았으나, 연락은 임시정부의 사무소를 거치지 않고 이곳으로 바로 가져왔다.

이번에도 젊은 중위(First Lieutenant) 한 명이 서류 가방을 메고 제국익문사 사무소를 방문했다.

"무슨 일로 왔다고 하던가?"

젊은 장교를 맞이하고 사무실로 돌아온 최지헌에게 물었다.

"공식 협정 확인서가 도착했습니다. 미국에서 협상이 끝나자, 긴급 전보를 통해 우리가 확인할 수 있도록 보내왔습니다, 전하."

미국에서 윤홍섭이 대표로 나서 협상을 진행하고 있었는데, 그의 답변이 도착하기 전 미국 쪽에서 무선을 통해 보내온 게 더 빨랐다.

"일단 영어 번역을 하는 요원에게 넘겨 해석본을 만들게."

"알겠습니다, 전하."

정식 협정서는 한국어와 영어, 양쪽의 언어로 작성되어야 하지만 지금 보내온 것은 내용을 확인하기 위한 서류였다. 그래서 무선 전보를 받아 적어 영어로만 적혀 있는 서류였기에 최지헌에게 다시 넘겨주었다.

내가 읽는 것은 문제가 없었으나, 심재원도 함께 읽고 의논해야 하는 것이고, 영어 해석에 따라 상의해야 하는 내용이 달라 정확해야 했다.

그래서 사무소에 있는 요원 중에 외교문서의 번역을 담당하는 요원에게 넘겨졌다.

20분 정도의 시간이 지나자 두 부의 협정서를 가지고 최지헌이 돌아왔다.

"해석본입니다, 전하."

"수고했네. 심 사무도 이쪽으로 와 함께 보고 상의하지요."

심재원은 내 말에 자신의 자리에서 일어나 내가 앉아 있는 자리로 왔고, 사무실에 있는 의자를 놓고 내 책상 옆에 앉았다.

최지헌이 두 부를 준비해 온 협정서를 넘겨받고 나와 심재원은 협정서를 읽어 나갔다.

대한제국 황실과 미합중국 간의 대일연합전선과 전쟁 수행에 관한 협정의 최종 협정 확인서

대한제국 황실 대표 이우와 미합중국 대통령 프랭클린 D. 루스벨트가 서명한 이 협정은 미합중국의 전승을 이루기 위해 대일연합전선을 형성하는 데 동의하고, 대한인 민족의 독립을 쟁취하며 미합중국의 미합중국 방위 촉진을 위한 조례(An Act to Promote the Defense of the United States : 무기대여법)에 의거, 지원받는 동맹국의 일원으로 인정하고 원조하는 원칙하에서 아래와 같이 협정함.

1. 대한제국 황실은 대일연합전선을 형성함에 있어 'A지역 탈환 작전'과 'B지역 탈환 작전'을 주도해 작전을 수행한다.

2. 두 작전을 수행함에 있어 미합중국의 지원이 필요한 부분에는 미합중국 방위 촉진을 위한 조례에 의거 무상으로 지원받을 수 있다.

3. 대일 전쟁의 종료 시까지 한반도 내 지정된 항을 개항하고 한반도 내에 미합중국군이 주둔할 수 있는 조계지를 제공한다. 조계 지역은 추후 양측의 합의로 결정한다.

3. 대한제국 황실의 군인은 필요시 미군의 제복을 지원받고 어깨 위 '대한'이라는 명료한 휘장을 패용함.

4. 대한제국 황실군과 미합중국군은 양측의 계급 체계에 맞춰 서로 동등한 대우를 해 준다. 세부 계급 체계 내용은 자료 별첨 1을 참고.

······.

23. 대일 전쟁의 종료 시까지 미합중국 내에서 북미 대한인 국민회를 대한인 대표부로 인정하고, 정식 대사관과 동등한 대우로 워싱턴에 조계지를 무상으로 제공한다.

전후 대사관은 정식 수교 시까지 존치한다.

24. A, B지역 탈환 작전 성공 이후 미합중국은 대한제국과 대한민국입시정부에 대한 연합국 지위 획득에 대해 모든 지원을 한다.

25. 작전의 성공과 상관없이 대한제국이 대일 전선을 형성한 이후 10월로 예정된 대일 미, 소, 중 정상 회담에 대한제국 황실을 대표해 지도자[Leader] 이우를 대한인 민족의 대표로 초청한다.

26. 전후 미합중국은 구 대한제국의 영토에 대한 지배권은 대한제국 황실에 있음을 인정하고, 그 지배권 회복을 존

중한다.

스물여섯 가지에 이르는 전쟁 수행에 관한 세부 내용이 적혀 있었다.

협정서이지만 실제적으로는 미국과 대한제국 황실 간에 동맹을 체결하는 서류나 다름없었다.

나는 윤홍섭에게 지시할 때에 황실이 임시정부의 일원이고, 임시정부를 한반도 유일의 정식 정부로 인정받을 수 있게 노력하라 지시했는데, 결국 그것은 미국에서 받아들이지 않았고 협정의 주체는 대한제국 황실이 되었다.

그래도 24조항에 대한민국 임시정부의 연합국 지위 획득에 지원한다는 한 문장을 넣음으로써 김구 주석과 임시정부에도 최소한 우리가 노력했음을 보일 수 있었다.

물론 탈환 작전이 성공한다는 가정하에서라 불확실성은 가지고 있었다.

"우리가 가져올 수 있는 이익은 최대한 가져온 것 같아 보이는데, 심 사무가 생각하기에는 어떤가요?"

"저도 전하의 뜻에 동의합니다. 다만 주체가 대한민국이 아닌 대한제국이라, 임시정부와 관계에 문제가 생길까 우려됩니다, 전하."

"임시정부에서 성공시킨 협정도 아니고 제국익문사와 북미 대한인국민회의 노력으로 성사된 것이니, 임시정부도 그 정도는 감수해야겠지요. 25항이 있으니 이걸로 달래 봐야죠. 그리고 이번 협상을 진행하면서 미국이 우려하고 있는 부분에 대해 윤홍섭 박사를 통해 전해 들었는데, 대한인 중에서 누가 전후 임시정부 내 공산주의자와 조선독립동맹에 의해서 한반도가 공산화될 수도 있다고 말했던 것이 결정적으로 작용해서, 나와 황실이 민주주의 제도의 파수꾼이 되어 중심을 잡아 주었으면 하더군요. 그래서 이번 협정의 주체도 황실로 한다는 것을 못 박았다고 들었어요. 아마 협상이 이렇게 된 것은 그 이유가 가장 클 것이에요."

심재원이 인도에 가 있는 사이에 최종적으로 조율을 하던 과정에서 나온 내용을 내게 보내왔던 윤홍섭의 편지에 이 같은 이야기가 적혀 있었다.

"저도 그 보고서는 읽었습니다, 전하."

"제가 알기로 루스벨트 대통령은 공산주의에 대한 반감이 적은 사람이지만 미국 정부 내에 주류 인사 중에는 공산주의를 부정적으로 바라보는 사람이 많으니, 미국이 이렇게 나온 것도 충분히 이해가 가네요. 우리는 이 협정에 동의하고 앞으로 있을 전쟁을 준비하지요."

"알겠습니다. 독리에게도 이대로 전하고 제국익문사도 앞으로 있을 전쟁에 만반의 준비를 하겠습니다, 전하."

심재원이 나와 대화를 마치고 각 사무소로 보낼 서류를 작성하러 자신의 자리로 돌아가고 나자, 최지헌이 문을 두드리고 사무실로 들어왔다.

평소에 내가 부르지 않으면 사무실에 들어오지 않는데 들어온다는 건 무언가 할 말이 있는 것이다.

"다른 사항이 있는가?"

"연락관이 전하께 직접 말씀을 전해야 할 것이 있다면서 기다리고 있습니다, 전하."

"내게 직접?"

"제가 대신 전하겠다고 말해 봤으나 자신들의 대통령의 전언이라 전하께 직접 전해야 한다며, 전하께서 시간이 나실 때까지 기다리겠다고 했습니다, 전하."

고위급도 아닌 중위 연락관이 내게 직접 전해야 할 말이 있다는 것에 궁금증이 일었다.

"아래층에서 기다리고 있는가?"

"그렇습니다, 전하."

"응접실에서 만나도록 하지."

"준비하겠습니다, 전하."

비밀을 취급하는 제국익문사 특성상 외부인의 출입은 극히 제한적이었고, 2층 사무실 입구에 위치한 응접실이 외부인이 들어올 수 있는 한계 구역이었다.

그가 어디서 기다리고 있는지 몰랐으나, 내가 말하고 나자 최지헌이 아래층으로 내려갔고, 얼마 지나지 않아 준비가 되었음을 알렸다.

최지헌의 말을 듣고 아래층으로 내려가니 금발의 백인이 응접실에 앉아 긴장된 얼굴로 나를 기다리고 있었다.

내가 응접실로 들어가자 자리에 앉아 있던 그 중위는 의자가 뒤로 넘어질 정도로 급히 일어났고, 의자가 넘어지며 큰 소리가 났다.

나를 경호하는 시월이와 무명은 그 소리와 함께 나와 그 요원 사이에 뛰어들며 총을 뽑아 들었다.

"괜찮네."

내 앞에 나온 두 사람의 손을 내리고 겁에 질려 있는 연락관 앞에 가서 앉았다.

"앉게."

영어를 쓸 수는 있지만 굳이 영어로 하지 않고 한국어로 했다.

그러자 못 알아들은 연락관은 긴장한 채로 서 있다가 최지헌이 통역해 주자 그제야 의자를 일으켜 세우고 앉았다.

"내게 할 말이 있다고?"

내 말을 최지헌이 통역하자 그는 급히 자신의 품속으로 손을 넣었고, 그에 뒤에 서 있던 무명이 그런 그를 저지했다.

"편지가 있다고 합니다, 전하."

최지헌이 통역하자 무명이 연락관을 놓아주고 연락관은 품속에서 편지 봉투 하나를 꺼내 최지헌에게 넘겨주었다.

최지헌은 그 편지를 받아 내게 가져왔다.

이 시대에는 잘 보지 못했던 완전히 표백된 하얀색에 두꺼운 종이로 된 편지 봉투가 중요한 사람이 쓴 편지임을 느끼게 했다.

"누가 보낸 것인가?"

"미국의 대통령이 보냈다고 합니다, 전하."

최지헌의 말을 듣고, 응접실에 놓여 있는 편지 칼로 편지를 뜯었다.

편지 봉투 안에는 봉투와 비슷한 수준의 하얀색 편지지가 나왔고, 그 편지지에는 유려한 필기체로 글이 적혀 있었다.

영어 필기체에는 익숙지 않아 시월이에게 넘겨주자 그 편지를 가지고 밖으로 나갔다.

잠시간의 침묵이 지나고, 시월이가 원본과 해석된 종이를 가지고 들어와 내게 주었다.

친애하는 이우 전하에게

본관은 이번 대한임시정부의 전권대사이자 대한제국 황실을 대표하는 윤홍섭 박사와 윌리엄 죠세프 도노반 전략사무국 국장과의 회담이 양 국가를 위하여 만족스러운 결과를 가져왔음을 기쁘게 생각합니다.

대한제국의 자주독립에 대하여 우리는 대한제국 황실을 원조할 최대의 준비가 되어 있음을 알려 드리는 바입니다.

우리 양국 간의 협정이 세계 평화와 자유를 수호하고, 대일

연합전선을 구축하며 전승을 이뤄 내는 데 기여할 것임을 확신하는 바입니다.

친애하는 이우 전하가 이번 협정의 주체가 됨을 알고 있습니다.

양국 간의 협정에 서명할 때에 제3의 중립국에서 하는 것이 국제적 관례이나, 이번 협정은 친애하는 이우 전하께서 직접 워싱턴 D.C.를 방문해 양국의 이익에 기여하는 회담과 함께 서명을 하였으면 하는 것이 미합중국과 본관의 입장입니다.

좋은 결과를 고대하고 있겠습니다.

—워싱턴 D.C.에서 미합중국 대통령 프랭클린 D. 루스벨트

내가 직접 미국을 방문한다는 것은 딱히 생각해 본 적도 없는 일이었지만, 가장 큰 문제는 내가 아직 공식적으로 활동을 하는 상황이 아니라는 것이었다.

"자네는 이 친서의 내용을 알고 있나?"

"I Don't Know, Si⋯⋯ Your highness."

"모른다고 합니다, 전하."

"이 문제는 지금 결정할 사안이 아니니, 이 문제를 논의할 수 있는 사람과 다시금 약속을 잡으라고 전하게."

연락관은 아무것도 모르는 얼굴이었기에 그에게 더 얻어내거나 할 것은 없어 얼어 있는 그를 응접실에 내버려 두고 편지를 가지고 먼저 자리에서 일어났다.

내가 미국을 방문해 루스벨트를 만나면 내게 이익이 되는 부분도 많았지만, 가장 걸리는 것은 내가 공식적인 활동을 하는 상황이 아니라는 점이었다.

그래서 비밀리에 방문이 가능한지 확인하기 위해 논의가 가능한 사람과 대화할 필요가 있었다.

"나보고 미국을 방문해 협정문을 체결했으면 좋겠다고 하는군요."

3층 사무실로 올라오자마자 심재원에게 해석된 친서를 주었다.

"미합중국 대통령의 공식 요청이긴 하지만, 전하께서 직접 미국을 방문하시는 것은 무리가 있다고 사료됩니다, 전하."

친서를 다 읽고 나서 심재원은 한참을 고민하더니 내게 말했다.

"나도 공개적인 방문은 안 된다고 생각하고 있고, 비밀 방문이 가능한지 상의할 수 있는 정도의 사람과 만남을 말해 놨어요. 어쨌든 지금 시기에 미 대통령을 만나 우리나라의 국제적 위치에 대해 확답을 받을 수 있다면, 국익에 아주 도움이 될 것이라고 생각해요. 심 사무의 생각은 어떤가요?"

심재원은 내 질문에 다시금 긴 시간을 고민한 뒤에 대답했다.

"국익에 도움이 된다는 것은 제 생각도 같습니다. 하지만 미국 내에서 일본 대사와 일본 관계자들에 대한 강제 추방이 있었다고는 하나 아직 일본의 눈과 귀가 많이 남아 있을 것입니다, 전하."

일본의 눈과 귀라⋯⋯.

냉전 시대에도 서로 간첩을 파견하는 것은 아주 당연한 일이었다.

아직 냉전 시대는 아니지만 미국으로 귀화한 일본인의 숫자도 많이 있었고, 몇 년 전까지 일본과 사이가 좋았을 때 미국 내에서 친일본 성향의 인사들도 많이 있었다.

그들이 아직 일본과 연락하고 지내는지는 알 수 없었으나, 심재원의 걱정이 괜한 것이 아닌 건 나도 알았다.

"서로 다른 방향의 국익을 두고 고민해야 하는군요."

미국 대통령과의 만남도 국익을 위한 것이었고, 내가 살아 있음이 알려지지 않는 것도 국익이었다.

지금은 양쪽의 국익이 서로 충돌하는 상황이었다.

내가 살아 있다는 것이 일본에 알려지면 평소 내 성향과 황족이라는 지위가 대한인에게 주는 영향력을 고려해 임시정부와 나에 대한 감시와 경계가 늘어날 것은 분명했다.

특히 지금 일본은 태평양 너머의 미국과 중국 대륙의 중화민국만 경계하고 있는 상황이라, 소련과 맞댄 국경과 조선 안에는 상대적으로 경계가 허술한 상태였다. 그래서 광무군과 지하동맹이 활발히 활동할 수 있었다.

그러나 내가 살아 있다는 것이 알려지면, 일본은 가장 먼저 한반도에 대한 경계를 강화할 것이다.

그러면 지하동맹의 활동이 위축되고, 우리가 준비하고 있는 작전이 실패할 확률이 컸다.

"미국이 어느 정도까지 비밀 유지가 가능한지 확인해 보고 나서 미국을 방문할지에 대해 결정하지요."

"제국익문사는 언제나 전하의 뜻에 따르겠습니다, 전하."

연락관이 돌아가고 몇 시간 되지 않아 유리 제프리 OSS 동아시아 총책임자가 최종 협정 확인서를 가지고 태평양을 건너오고 있다는 전보를 전해 왔다.

※※※

다음 날 아침 일찍 나는 사무소로 출근하는 것이 아니라 중경 외곽으로 나갔다.

나와 최지헌, 무명, 시월이가 탄 차량이 중경 외곽의, 미군에서 알려 준 지역으로 가니, 산으로 향하는 시골길이 한동안 이어지다 산 초입으로 보이는 곳에 위병소가 나타났다.

위병소로 접근하자 열 명에 가까운 미군이 총을 겨누며 경계했다.

위병 중 한 명이 차로 접근했고, 최지헌이 미군에서 보내온 초대장을 건네자 확인하고는 바로 경계를 풀었다.

"실례가 많았습니다. 우리 측 차량이 안내할 것이니 따라가시면 됩니다."

초대장을 확인한 뒤론 아무런 검색 절차도 없이 위병소를 통과할 수 있었다.

위병소를 통과하자 앞뒤로 미국 지프 두 대가 붙어 우리를 안내했다.

위병소를 지나고 얼마 안 되어 양옆으로 넓은 공간의 사격장이 나왔고, 사격장을 지나 산으로 이어진 흙길을 10분 정도 더 올라가자 작은 산장이 하나 나왔다.

위병소부터 이곳까지 마을이나 다른 위병소가 없는 것으로 봐서는 이 넓은 지역을 모두 미군 측에서 관리하고 있는 것으로 보였다.

선두에 가던 지프가 멈춰 섰고, 우리 차도 그에 따라 멈췄다.

산장 주위로는 이미 한 개 소대 정도의 미군이 산장을 중심으로 넓게 둘러서 경계를 하고 있는 게 보였다.

"이곳이 약속 장소라고 합니다, 전하."

앞쪽 지프에서 내린 미군이 운전석의 최지헌에게 말하자, 그가 내게 말했다.

최지헌의 말에 차에서 내리니 나머지 세 사람도 나를 따라 내려 내 주위로 둘러섰다.

그리고 그 밖으로 미군 네 명이 우리를 경호하듯 둘러서 사람으로 둘러싸여 산장으로 향했다.

산장 안으로 들어가자 미군에서는 문을 열어 준 한 명만 안으로 들어오고 나머지는 밖에서 대기했다.

산장 안은 하나의 큰 방으로 되어 있는데, 중앙에 소파와 탁자가 있고 탁자 옆 벽에 벽난로가 설치되어 있었다.

아직은 더운 7월이라 불이 피워져 있지는 않았고, 산 중턱쯤이어서인지 열려 있는 창문 사이로 상쾌한 바람이 들어 왔다.

내가 방으로 들어오자 중앙 소파에 앉아 있던 유리 제프리 가 일어나 나를 반겼다.

"어서 오십시오, 전하."

유리 제프리는 처음 만났을 때와 같이 앞의 인사는 한국어 로 했다.

처음보다 연습을 더 했는지 말투가 많이 자연스러워져 있 었다.

"한국어 실력이 늘었군."

"감사합니다, 전하."

유리 제프리는 아직 한국어를 공부한 것은 아닌지 첫 인사 만 한국어로 하고 그다음 대답부터는 영어로 말했다.

"그대가 직접 나를 만나러 와도 괜찮았을 것인데, 이 먼 곳까지 나를 부른 이유가 무엇인가?"

이미 혼자서 나를 만나러 온 적이 있는 그였기에 중경 시내에서 30분도 넘게 떨어진 산속으로 나를 부른 것이 이상해 물었다.

"이런 먼 곳으로 모시게 되어서 죄송합니다. 전하께서는 제가 전략사무국의 흔한 요원 한 명으로 보이실지 모르겠으나, 저 역시 전략사무국에서는 중요한 위치에 있는 사람입니다. 그날 전하를 뵈러 직접 갈 수 있었던 것은 그 주위에 우리의 요원이 많이 대기하고 있어서였습니다. 하지만 전하께서 불쾌해하셔서 철수한 터라, 그곳으로 제가 찾아뵐 수가 없었습니다. 그래서 부득이하게 이곳으로 모셨습니다. 급히 마련한 곳이지만 반경 수 킬로가 미합중국 육군이 관리하는 곳이니, 이곳만큼 안전하게 대화하시기에 좋은 장소는 없을 것입니다, 전하."

동아시아의 책임자 정도라면 OSS 내에서도 고위급 인사라는 것은 잘 알고 있었는데, 그가 직접 제국익문사 사무소로 오지 못한 이유를 들으니 상당히 신선했다.

물론 아직 OSS가 내 주위에서 모두 철수했다는 것은 알 수 없었다.

하지만 최소한 내게 이런 모습을 보이는 것은 그들도 내 말을 무시하고 있지는 않다는 걸 느끼게 했다.

"내가 만남을 요청하기 전에 나를 만나러 태평양을 건너오고 있었나?"

"이미 미스터 프레지던트께서는 최초에 저를 통해 친서를 전달하려고 하셨으나 윤흥섭 박사와 회담이 진행 중이라 어쩔 수 없이 친서를 먼저 보내셨습니다. 그리고 저는 회담이 끝나고 바로 출발했습니다. 그만큼 미스터 프레지던트께서 전하와의 만남을 중요하게 생각하며 준비하고 계십니다, 전하."

"나더러 미국으로 오라고 하는 것은, 내 상황을 고려하고 말하는 것인가?"

"지금 전하의 상황이 공개적인 활동을 못 하신다는 것은 잘 알고 있습니다. 그래서 White House에서도 비공개 공식 만남을 생각하고 있습니다. 전하께서 미국을 방문하시겠다고 결정해 주시면, OSS에서 미군 비행기를 통해 하와이, 캘리포니아를 거쳐 워싱턴 D.C.로 바로 모실 것입니다. 워싱턴 D.C.의 공군기지에서 헬기로 갈아타고 샹그릴라Shangri-La로 향하실 것입니다. 그렇게 되면 머무는 시간을 제외하고 4일이면 충분히 오가실 수 있습니다. 샹그릴라는 올여름에 완공된 곳이라 백악관의 최고위직을 제외하고는 알지 못하는 장소입니다. 그곳에서 미스터 프레지던트와 만남을 가지시면 OSS와 Secret Service(United States Secret Service : 미국 대통령 경호국) 두 곳의 최고위직을 제외하고는 미국의 어느 누구도 알지 못할 것입니다, 전하."

"샹그릴라?"

"미스터 프레지던트의 별장으로 업무와 휴식을 병행하기 위해 만들어진 곳의 이름입니다. 올여름 완공 후 이미 두 번 이상을 사용해 어느 누구도 의심하지 않을 것입니다. 그리고 50만 제곱미터 이상의 대지 위에 있고, 주위로 군이 경계를 서고 있으니, 보안에 대해서는 걱정하지 않으셔도 됩니다, 전하."

'샹그릴라'라는 이름을 어디서 많이 들어 보기는 했는데 떠오르는 것은 호텔 이름 말고는 없었다.

미국 대통령 별장이 한두 개는 아닐 것이고, 후에 어떻게 바뀌었을지도 몰라 그러려니 했다.

이미 미국에서는 내가 상황을 핑계로 오지 않을 수도 있다고 생각한 것인지 유리 제프리가 그런 싹을 다 잘라 버리는 제안을 가지고 왔다.

"내가 가지 않겠다고 하면 어떡할 것인가?"

이미 유리 제프리의 제안을 듣는 순간 이 정도로 미국에서 준비했다면 방문하겠다고 생각했지만, 그런 생각을 숨기고 물었다.

"유감스럽지만 미합중국은 전하가 처한 상황을 잘 알고 있으니 그 뜻을 존중하고, 미스터 프레지던트도 이해하실 것입니다. 그리고 이번 협정은 이곳 중경에서 미스터 프레지던트를 대리해 제가 서명할 것입니다, 전하."

"나를 기다리고 있는 우방국의 정상에게 실망을 안겨 줄 수는 없지 않겠는가? 그래도 나도 내 사람들과 상의가 필요하니 긍정적으로 검토하고 오늘 중으로 미국 쪽 연락관에게

답을 주겠네."

유리 제프리의 웃음에 화답하는 내 대답에 그의 표정에는 더 큰 웃음이 걸렸다.

그 웃음이 진짜 웃음인지 아니면 조작된 웃음인지는 알 수 없지만, 그냥 보기에는 마냥 밝은 웃음이었다.

"미스터 프레지던트께서도 기뻐하실 것입니다. 긍정적인 답을 기다리겠습니다, 전하."

유리 제프리의 배웅을 뒤로하고 밖으로 나오니 내가 들어갈 때와 똑같이 삼엄한 경비 태세를 갖춘 군인들이 보였다.

내가 나오자 네 명의 군인이 다가와 경호를 해 주었고, 우리 차로 안내했다.

"제국익문사의 위탁 훈련소도 이 정도 크기인가?"

차를 타고 이동해도 몇십 분을 이동할 정도로 넓은 미군 지역을 나가면서 미군 위탁 훈련소를 다녀와 본 최지헌에게 물었다.

"이 정도로 크지는 않습니다. 그래도 그곳도 영내에 작은 산을 가지고 있으니 작은 크기는 아닙니다, 전하."

중국의 땅이 넓어서인지 자국의 법이 통하지 않는 우방국 군부대 주둔지를 상당히 넓게 조차해 주는 중화민국에 부러움과 놀라움이 생겼다.

6장

　사무소로 돌아오자마자 심재원과 상의했으나 그는 이미 그들의 준비가 완벽하다면 내가 갈 것으로 생각하고 있었다. 그는 이미 이 사안에 대해 한번 대화를 나눠서인지 별다른 이견 없이 미국 방문에 찬성했다.

　각 지역에서 올라오는 보고서가 오가는 시간보다 더 짧은 기간으로 다녀올 것이라, 특별히 다른 지역 사무소에는 알리지 않고 미국 방문을 준비했다.

　연락관을 통해 유리 제프리에게 언제든 방문할 수 있음을 알렸고, 나를 포함해 항상 나를 수행하는 세 명이 동행함을 전달했다.

　당일 저녁, 이튿날 오전에 바로 비행 계획이 잡혔음을 알려 왔다.

미국도 이번 협정에 최종 도장을 찍어야 탈환 작전에 투자할 시간이 많아진다는 것을 알고 있어 빠르게 내 미국 방문을 준비한 상태로 보였다.

다음 날 아침 갑작스러운 여행이었지만, 원래 옷가지 몇 개와 작은 서류 가방에 들어갈 정도가 내가 가지고 있는 모든 짐이어서 금방 준비를 할 수 있었다.

나는 작은 서류 가방을 하나만 들었고, 중경의 사무소에 새롭게 개점한 양복점에서 내가 입을 수 있게 만든 양복 몇 개를 시월이가 여행용 가죽 가방에 챙겼다.

숙소 1층의 식당으로 내려가자 심재원, 이 상궁과 함께 무명과 최지헌이 각자 여행용 가방 하나씩을 가지고 나를 기다리고 있었다.

"언제쯤 온다고 하던가?"

미국 쪽에서 차를 보내 주기로 해 기다리기 위해 식당으로 들어가 최지헌에게 물었다.

"이제 곧 예정된 시각입니다. 10시에 온다고 했으니 곧 도착할 것입니다, 전하."

최지헌의 말에 회중시계를 꺼내 확인하니 10시까지 5분이 남아 있었다.

조금 기다리자 도로에서 차 소리가 들렸고 세 대의 차가 식당 앞에 멈춰 섰다.

"전하, 도착했습니다."

차가 도착하자 먼저 나가서 확인한 최지헌이 들어와 내게 말했다.

"가지. 그럼 다녀오겠어요. 사무소를 잘 부탁드려요."

"세 사람이 함께 가지만 전하께서는 대한인을 대표하시는 분입니다. 부디 강녕하시고, 존체尊體를 보존하소서, 전하."

"존체를 보존하소서, 전하."

심재원과 이 상궁 두 사람은 과거 황족에게 하던 황실 예법대로 내게 인사를 건넸다.

최근에는 황실 예법에 따라 안녕을 고한 적이 없어 생소하게 느껴졌으나, 그들에게는 평생 해 왔던 방식이라 어색함이 없었다.

"두 사람 모두 내가 다녀올 때까지 몸 건강히 지내세요."

두 사람의 배웅을 받으며 밖으로 나가니 미군의 지프가 아닌 평범한 승용차 세 대가 서 있었다.

앞뒤에는 사복을 입은 서양인이 타고 있었고, 내 문을 열고 있는 사람은 전날 유리 제프리를 만날 때 나를 산장까지 안내했던 군인이었다.

그가 열어 놓은 차에는 나와 시월이가 타고, 무명과 최지헌은 뒤쪽 차량에 탑승했다.

차는 빠르게 중경 시내를 빠져나가 어제 방문했던 부대로 향했다.

"이곳에도 비행장이 있는가?"

최지헌이 다른 차를 타고 있어, 직접 영어로 조수석에 탄 군인에게 물었다.

"······공군 비행장으로 바로 가게 되면 감시자가 많아 어제 방문하셨던 사격장 쪽으로 돌아서 가는 길입니다. 어제 가셨던 길로 산을 넘어가면 바로 비행장입니다."

그는 내가 갑자기 영어로 말을 걸어서인지 잠깐 놀랐다가 금방 대답했다.

그의 말대로 사격장 위병소를 검문 없이 빠르게 지나쳐 어제 갔던 길로 그대로 갔다.

30분에 걸쳐 산의 골짜기를 지나 반대편으로 넘어가자 전혀 다른 풍경이 펼쳐졌다.

사격장 쪽은 중국에서 흔히 볼 수 있는 시골과 산의 느낌이었다면, 반대편 아래는 넓은 평야에 긴 활주로 두 개와 비행기를 보관하는 격납고, 군인들이 생활하는 건물 수십 채가 눈에 들어왔다.

산의 반대편에 이런 것이 있을 것이라고는 예상하지 못해 산길을 굽이굽이 내려가면서 그곳을 신기하게 바라봤다.

두 개의 활주로 중에서 한 곳에는 이미 프로펠러 두 개가 달린 수송기가 이륙 준비를 하고 있었다.

수송기 주변에는 차량 한 대가 대기하고 있었다.

산길을 내려온 차는 다른 곳을 들르지 않고 곧장 수송기로 향했다.

수송기 근처에 도착하자 초대형 수송기가 기다리고 있을 것이라 생각했던 내 생각을 깨 버리고 생각보다는 훨씬 작은 크기의 수송기가 나를 기다리고 있었다.

전투기만큼 작지는 않았지만, 현대의 비행기에 비하면 훨씬 작은 크기임은 분명했다.

내 차가 수송기 옆에 멈춰 서자 조수석의 군인이 차 문을 열어 줬다.

차에서 내리니 유리 제프리가 나를 반겼다.

"어서 오십시오, 전하."

"여기서 보니 그대가 처음으로 군인처럼 보이는군."

유리 제프리는 평소와 다르게 은색 독수리 모양의 약장이 붙어 있는 군복을 입고 있었다.

"저도 미합중국의 자랑스러운 군인입니다. 일단 오르십시오, 전하."

평소에 사복만 입고 나를 만나다 군복을 입은 자신의 어색함을 잘 알고 있는지 웃으면서 내게 말했다.

"이것보다는 큰 대형 비행기가 있을 것으로 생각했는데, 생각보다는 작군."

"대륙을 횡단할 수 있는 비행기는 이것이 가장 큰 것입니다. 더 대형 비행기는 항속거리가 짧아 대륙을 횡단할 수가 없습니다, 전하."

내 질문이 이상하다는 듯 대답했다.

나는 당연히 대형 비행기로 태평양을 건너간다고 생각했는데 잘못 생각한 것 같았다.

나를 제외한 다른 세 사람은 처음 비행기를 타는 것인지 긴장한 표정으로 유리 제프리를 따라 비행기에 올랐다.

비행기 안에는 현대의 여객기와는 다르게 고정된 의자가 드문드문 놓여 있었고, 자리에 앉자마자 굉음을 울리며 프로펠러가 돌아가기 시작했다.

내가 들어온 문이 닫히고 나자 처음보다는 소음이 줄어들었으나, 조용히 대화하기에는 힘들 정도의 소음이 계속해서 들렸다.

프로펠러가 돌아가기 시작하고 얼마 지나지 않아 비행기는 움직이기 시작했고, 빠르게 하늘을 향해 날아올랐다.

"대륙을 횡단할 정도면 일본 본토에도 폭격이 가능할……."

"전하, 잘 안 들립니다!"

내 근처에 앉은 유리 제프리에게 궁금한 것이 있어 물어보려고 했는데, 소음 때문에 들리지 않았는지 내게 큰 소리로 말하고 나서 벽에 달린 헤드폰을 잡는 행동을 취했다.

그의 행동대로 벽에 걸려 있는 헤드폰을 들어 쓰니 그제야 무전에서 들리는 '지직' 소리와 함께 유리 제프리의 목소리가 들렸다.

-비행기 소음 때문에 이것으로 대화를 하셔야 합니다. 전하.

"아니, 하와이까지 항속 가능한 항공기가 있으면 중경에서 일본 본토에도 폭격이 가능하지 않은가 물으려고 했네."

처음 대형 비행기에 대해 물었을 때와 비슷한 표정으로 변한 유리 제프리가 헤드폰의 마이크에 손을 가져가며 대답했다.

-이것도 짐을 싣지 않은 상태이기 때문에 하와이까지 비행이 가능한 것입니다. 포탄 같은 무거운 것을 실은 상태로는 항속거리의 절반도 미치지 못합니다. 특히 폭격이 가능한 대형 폭격기에 화약을 실은 상태로는 일본의 섬은커녕 상해까지가 한계입니다. 이 비행기는 문서와 사람을 호송하는 것이 최선입니다. 전하."

유리 제프리의 말에 2차 세계대전이면 이미 대륙 간 폭격기가 활성화되어 있을 것으로 생각했던 내 생각이 크게 잘못되었다는 것을 알게 되었다.

작은 창으로 보이는 풍경은 중경 시내를 크게 선회한 이후 구름 위로 날아올랐다.

구름만 보이다 몇 시간이 지나자 사위가 어둠에 잠겼고, 기장의 목소리가 들려다.

-우리 비행기는 곧 'Hickam Air Force Base'에 착륙하겠습니다.

소음 때문에 쓰고 있던 헤드셋으로 기장의 말이 들리고 나서 곧 기체가 하강하고 있음이 느껴졌고, 얼마 지나지 않아 기체 진동이 강해지다 착륙했다.

이미 깜깜한 밤이 되어서야 하와이에 도착했다. 그러곤 주변을 구경하거나 휴식할 시간도 없이 다른 비행기로 갈아 탔다.

최소한의 인원으로 비밀을 지켜 주겠다는 유리 제프리의 약속답게 비행기를 갈아탈 때 비행기의 승무원을 제외하고는 주위에 아무도 없었다.

"캘리포니아로 이동하고 나서 그곳에서 한 번만 더 갈아타 시면 워싱턴 D.C.까지 갈 것입니다. 그곳에서 샹그릴라까지는 헬기로 30분이니, 샹그릴라에 도착하시면 잠시 휴식을 취하실 수 있을 것입니다, 전하."

"빡빡한 일정이군."

"최대한 빠르게 오가실 수 있도록 준비하다 보니 일정이 많이 피곤합니다, 전하."

나와 미국 둘 다 원했던 것이었지만, 흔들리는 비행기에서 몇 시간씩 있는 것은 몸을 피로하게 하는 일이었다.

현대에서도 비행기를 타 본 적은 있었지만, 그때의 비행기에 비하면 지금 타고 있는 이 수송기는 진동이 너무 심해 더욱 몸을 피로하게 하는 느낌이었다.

나와 함께 온 다른 세 사람, 특히 무명과 최시헌은 제국익문사의 힘든 훈련까지 견뎌 낸 사람들이었는데도 얼굴에서 피로함이 드러나 보일 정도로 피곤한 일정이었다.

2일에 걸친 긴 비행이 끝나고, 마지막으로 워싱턴 D.C.에서 헬리콥터로 갈아탄 후 30분을 더 비행해 목적지인 샹그릴라에 도착할 수 있었다.

주변이 수목으로 둘러싸인 샹그릴라는 미국 대통령의 별장이라고는 생각되지 않을 정도로 그리 크지 않은 건물 몇 개가 있는 곳이었다.

무언가 엄청 큰 별장과 수영장 같은 것을 생각했던 내 생각을 완전히 깨어 버린 샹그릴라는 중앙의 헬기 착륙장을 중심으로 네 개의 건물이 보였다.

"일단 이곳 메이플 오두막(Maple Lodge)에서 쉬시고, 저녁이 되면 미스터 프레지던트께서 이곳으로 오실 것입니다. 2일에 걸친 긴 이동으로 피곤하실 전하를 배려한 일정입니다, 전하."

처음에는 도착하자마자 루스벨트 대통령과 회담할 생각이었으나, 2일간에 걸친 비행은 내 몸에 엄청난 피로를 안겼다.

이것을 예측한 유리 제프리와 미 정부의 배려에 고마운 마음이 들었다.

"고맙네."

유리 제프리가 나를 안내한 곳은 통나무로 지어진 작은 건물이었다.

미국 대통령의 별장이란 것을 몰랐다면 어딘가 알래스카에서 사냥하면서 지내는 사냥꾼의 집이라고 해도 믿을 정도의 수목으로 둘러싸인 한적한 곳이었다.

안으로 들어가자 밖에서 봤던 느낌보다는 넓은 내부가 나왔고, 내실과 수행원들이 생활할 수 있도록 나뉘어 있었다.

건물로 들어가자 무명이 먼저 들어가 이곳저곳을 살피기 시작했고, 내실까지 들어가서 구석구석을 살피고 나서야 밖으로 나와 내게 고개를 숙였다.

"나는 쉴 것이니 다들 돌아가면서 쉬도록 하게."

피곤한 몸이었지만 무명이 집 안에 위험 요소를 확인하는 것을 기다리고 나서 그가 일을 마치자 내실로 들어갔다.

"알겠습니다, 전하."

"약속 시각보다 1시간 전에 깨워 주게."

최지헌의 대답을 뒤로하고 긴 시간은 아니지만, 휴식을 취하기 위해 방 안에 준비돼 있는 욕실로 들어가 간단히 샤워하고 침대에 누웠다.

비행기에서 반쯤은 잠든 상태로 이틀간 와서인지 몸이 피로하긴 했지만 침대에 누워 있다고 금방 잠들거나 하지는 않았다.

눈의 피로만이라도 풀기 위해 침대에 누워 눈을 감고 있었다.

"기침하실 시간이옵니다, 전하."

눈을 감고는 깨어 있었는데, 어느 순간 잠이 들었던 것인지 시월이의 목소리에 침대에서 일어났다.

"그래, 고맙다."

짧은 시간에 깊이 잠들었던 것인지 완전히 목이 잠겨 있어 헛기침을 몇 번하고, 시월이에게 대답했다.

7월 말의 한여름임에도 메이플 오두막 안은 서늘하다고 느낄 정도로 시원해 침대에서 일어나자 방 안의 기분 좋은 공기가 나를 감싸 안았다.

"다들 휴식하고 있느냐?"

"무명 사기께서 처음 경계를 서시고, 저와 최지헌 통신원이 휴식을 취해 지금은 무명 사기는 쉬고 있고, 최지헌 통신원이 경계를 서고 있습니다, 전하."

굳이 경계까지 서야 하나 하는 생각이 들기는 했지만 그들의 일이었기에 따로 말하지 않고, 방 안의 탁자로 가서 준비해 온 자료를 읽었다.

30분 정도의 시간 동안 서류를 살펴보고 있을 때, 시월이가 갈아입을 옷을 한 벌 가지고 다시 방으로 들어왔다.

"전하, 미국 쪽 사람이 다녀갔는데, 10분 뒤에 미국 대통령이 도착한다고 합니다. 회담은 예정대로 30분 후 도그우드 오두막(dogwood Lodge)에서 있을 예정이라고 전해 왔습니다,

전하."

"그래, 옷은 놔두고 나가거라."

"알겠습니다, 전하."

시월이가 나가고 나서 오랜 시간 잠들어서인지 거울을 보니 뒷머리가 눌려 욕실에서 머리를 다시 한 번 감고, 시월이가 준비해 준 양복으로 갈아입었다.

한여름이었지만 조끼까지 있는 격식을 갖춘 양복이었는데, 옷의 어깨에서 가슴께까지 운현궁의 오얏꽃 문양이 새겨져 있는 대한제국의 정식 대관복 양식을 본떠 약간의 변형을 준 양복이었다.

옷을 갈아입고 구겨지지 않도록 서서 서류를 살펴보고 있을 때 시월이가 들어와 회담 시간이 다 되었음을 알렸다.

내실에서 나와 응접실 형태의 거실로 나가니 거의 몇 년 만에 만나는 인물이 나를 기다리고 있었다.

"윤 대인! 언제 오셨나요?"

직접 피가 섞인 사람은 아니었지만, 순정효황후의 오라버니로 먼 친척 관계인 윤홍섭 박사가 깔끔한 양복 차림으로 거실에 있다 나를 반겼다.

"그간 평안하셨습니까, 전하."

"덕분에 미국에 대한 걱정을 덜어 더없이 평안했습니다. 유메夢에서 뵙고 처음 뵙는 것인가요?"

내가 동경에 있을 때 순정효황후의 소개로 의친왕이 지원했던 요정에서 만난 이후 거의 2년 만에 만나는 윤홍섭은 조금은 말랐지만, 미국 생활에 잘 적응했는지 얼굴은 좋아 보였다.

"그렇습니다, 전하. 그때의 약속과는 다르지만 요원했던 조국의 독립의 길이 보이는 지금 만나 뵙게 되어서 기쁩니다, 전하."

그와 요정 유메에서 헤어지며 독립된 우리나라에서 보자고 했던 말이 떠올랐다.

"그때와 비교하면 많은 것이 바뀌었지요. 언제 오셨나요? 미리 말하셨으면 일찍 나왔을 텐데요."

"방금 도착해 시월이가 곧 나오실 것이라 일러주어 말씀드리지 않았습니다, 전하."

"그동안 미국에서 고생하셨어요. 윤 대인께서 열심히 해 주셔서 좋은 결과를 만들었어요."

"전하의 흥복입니다. 이 정도로 미 정부와 접촉할 수 있었던 데에는 전하께서 써 주셨던 책이 가장 큰 몫을 했습니다, 전하."

"과찬이에요."

"이것은 지금까지 진행된 협정에 대한 보고서입니다, 전하."

윤홍섭은 자신의 서류 가방에서 보고서 한 장을 꺼내 내게 주었다.

"시간이 얼마나 남았나?"

"예정된 시간까지는 10분 정도 남아 있습니다, 전하."

최지헌이 시간을 확인하고 알려 주었다. 보고서를 읽어 볼 수 있는 시간은 될 것 같아 옷에 구김이 가지 않도록 응접실에 서서 보고서를 읽었다.

지금까지 진행된 협정의 과정과 어떤 식으로 논쟁이 오고 갔고, 미국에서 어떤 부분을 싫어했었는지가 일일이 적혀 있었다.

그리고 마지막으로 내가 알고 있는 최종 합의된 협정서의 내용이 적혀 있었다.

미국은 이전의 보고서에도 나왔던 것처럼 가장 중요하게 생각하는 건 내가 전면에 나서는 것이었고, 일본과 전쟁에서 가장 유용한 대한인을 나를 이용해 미국의 우방으로 만들고 싶어 했다.

10분이 다 지나가기 전에 서류를 전부 살펴보았다.

"정말 고생하셨어요. 최종 협정서는 미국을 통해 읽어 보았어요."

마지막 협정서는 대충 훑어보고, 보고서를 다시 윤홍섭에게 돌려주었다.

"아, 미국에서 먼저 보냈었나 봅니다. 소인은 보고서를 준비해 발송하고 나서 OSS를 통해 전하께서 미국으로 오신 다는 것을 알게 되었습니다, 전하."

"정말 수고하셨어요."

그동안 미국에서 내 손발이 되어 준 윤홍섭에게 다시 한 번 감사를 표했다.

약속된 시간이 다 되었음을 확인하고 밖으로 나가기 위해 거울로 옷매무새를 다시 한 번 확인했다.

"대관복을 입으시니 훨씬 신수가 훤하십니다, 전하."

대한제국의 정식 대관복은 아니었지만, 제국익문사의 테일러가 대관복에서 영감을 얻어 만든 옷이라 윤홍섭도 내 옷을 보고 바로 대관복을 떠올릴 정도로 약화가 잘되어진 옷이었다.

"겉치레가 중요한 것은 아니지만, 미 대통령을 처음 만나는 자리이니 최소한의 예의를 차리기 위해 입었는데 너무 화려한가요?"

처음 입을 때에도 너무 화려하게 준비한 것이 아닌가 하고 고민했는데, 윤홍섭이 너무 치켜세워 주니 멋쩍은 웃음이 나왔다.

"아닙니다. 전하께서도 개인 자격이 아닌 대한제국 황실을 대표해 미 대통령과 만나시는 것이니, 격식을 차린 옷을 입으셔도 괜찮습니다, 전하."

"그래도 공식적인 방문이 아니라 조금은 과한 것이 아닌가 생각했어요."

윤홍섭은 내 말에 조용히 미소로 답했고, 우리가 대화하는 사이에 시간이 다 되어 우리를 안내하기 위해 유리 제프리가 왔다.

"전하께서는 머무시는 메이플 오두막과 미합중국 대통령의 숙소인 아스펜 오두막(Aspen Lodge) 사이에 위치한 도그우드 오두막은 외빈外賓이 방문했을 때에 미스터 프레지던트께서 내외빈을 환영하는 장소로 만들어진 곳입니다. 중앙의 헬기장 근처의 건물들은 이곳이 미스터 프레지던트의 별장으로 바뀌기 전부터 있었던 곳이나 아스펜 오두막을 비롯한 네 개의 오두막은 이곳이 미스터 프레지던트의 별장으로 용도가 변경되고 나서 새롭게 지어진 곳으로, 미스터 프레지던트와 내외빈이 되도록 편하게 쉴 수 있게 설계되고 만들어진 곳입니다. 이곳이 도그우드 오두막입니다, 전하."

유리 제프리의 안내를 받아 헬기장으로 가는 길이 아닌 왼쪽으로 이어진 오솔길로 들어갔다.

오솔길을 5분 정도 걸어가자 내가 묵고 있는 숙소보다는 조금 작아 보이는 오두막 하나가 나타났다.

"이미 미스터 프레지던트께서는 도착해 계십니다. 이곳입니다."

유리 제프리는 그곳에 배치되어 있는 보안 요원들을 보고 안 것인지 오두막의 정문에 도착하자마자 내게 웃으면서 말했다.

"죄송하지만 무기를 소지하고 계시다면 이곳에 맡겨 주십

운현궁의
주인

시오. 메이플 오두막에서는 이우 전하를 위해 무기를 소지하시는 것을 용인했지만, 이곳에서는 안 됩니다."

입구에 도착하자 유리 제프리가 내 뒤의 수행원을 보면서 말했다.

윤홍섭을 제외한 세 사람의 눈이 내게 모였고 내가 고개를 살짝 끄덕이자 각자 품속에서 권총 두 자루씩을 꺼내 보안 요원이 서 있는 탁자 위에 올려놓았다.

그리고 보안 요원들이 나를 제외한 네 사람의 몸수색까지 마치고서야 굳게 닫혀 있던 문이 열렸다.

안으로 들어가자 내가 머물고 있는 숙소와 큰 차이가 없는 내부가 나왔다.

"통역을 하셔야 하는 윤홍섭 박사께서만 안으로 들어가시고, 다른 분들은 여기서 기다리셔야 합니다."

통나무로 된 숙소에 여러 장식품이 벽에 걸려 있는 방으로 들어가자 유리 제프리가 내게 말했다.

"그러지."

내가 대답하고 다른 세 사람에게 고개를 돌리자 무명이 대표로 고개를 숙여 대답했다.

그 후 유리 제프리가 한쪽 방문 앞에 서서 두드린 다음 문을 열고, 내가 들어갈 수 있게 비켜섰다.

"환영합니다. 어서 오세요."

문 안으로 들어가니 곱게 포머드를 발라 넘긴 백발의 머리에 깊게 파인 주름과 20대 청년 같은 강렬한 눈빛을 가진 노인이 큰 탁자의 한쪽에 서서 나를 환영했다.

"환영해 주셔서 감사합니다."

윤홍섭이 루스벨트의 영어를 내게 통역했다

그리고 내가 한국어로 대답하니 루스벨트 대통령 옆에 서 있던 백인이 루스벨트 대통령에게 내 말을 통역했다.

그가 통역하는 사이에 검정색 장모종의 강아지가 내 옆으로 와서 뱅글뱅글 돌더니 다리 옆에 멈춰 섰다.

윤홍섭의 통역이 끝나고, 몇 발짝 더 걸어가 루스벨트 대통령이 서 있는 자리 맞은편 섰다.

루스벨트가 다리가 불편했다는 것은 이 시대에는 비밀처럼 지켜지고 있으나 미래에서는 인간 승리의 스토리로 유명해 굳이 그의 약점을 들춰 내지 않고 내가 다가갔다.

내가 걸음을 옮기자 내 옆으로 왔던 강아지는 내 발걸음에 맞춰서 내 옆에서 섰다.

"이리 온, 팔라Fala."

루스벨트 대통령이 내 옆에 있는 강아지를 보면서 불렀으나 강아지는 루스벨트에게 갈 생각이 없는 듯 그 자리에 서서 가만히 있었다.

"팔라가 이우 공이 마음에 든 것 같군요. 일단 앉아서 이야기합시다."

루스벨트 대통령은 내게 자리를 권했고, 내가 그의 말에 따라 자리에 앉자 루스벨트도 자신의 옆에 있는 의자에 앉았다.

"대통령의 강아지입니까?"

"그렇습니다. 저와 함께 인생을 살아가는 친구입니다."

루스벨트는 인자한 미소를 지으며 강아지를 보며 대답했다.

"예쁘게 생겼네요."

강아지를 칭찬하자 루스벨트의 표정이 조금 부드러워져 회담장 전체 분위기가 부드러워졌다.

"다시 한 번 미합중국의 모든 미국인을 대표해 대한제국 황실과 대한인의 대표자인 이우 공의 미국 방문을 환영합니다."

"환영해 주셔서 감사합니다. 저 역시 대한제국 황실과 대한인을 대표해 미합중국으로 초청해 주시고, 환대해 주신 것에 감사드립니다."

루스벨트 대통령과 나는 서로 각자의 모국어로 말했고, 각자의 옆에 있는 통역관들이 서로의 말을 통역했다.

나도 영어로 대화는 가능했지만, 공식적인 자리였고 이곳에서 오가는 대화가 혹시라도 잘못 알아듣게 되면 외교적 문제가 생길 수 있어 확실한 통역을 대동한 채로 대화했다.

"먼 길이었을 텐데 오시는 데 불편함은 없었습니까?"

"태평양을 건너서 오는 길이라 오랜 시간 이동한 것을 제외하면 배려해 주신 덕분에 편하고 빠르게 왔습니다."

"저도 가끔 그 비행기를 타는데, 소음과 진동이 너무 심해서……. 어느 정도 불편하셨을지는 충분히 이해가 갑니다. 상황이 상황이라 빠르게 이동하기 위한 수단일 뿐이었으니 이해 부탁드립니다."

"아닙니다. 대통령께서 배려해 주셔서 이렇게 올 수 있었으니 너무 마음 쓰지 마세요."

대화를 하는 사이 여직원 네 명이 들어와 탁자 위에 차를 두 잔 내려놓았다.

"대한제국에서는 방문객이 오면 차를 내어 주는 것이 예의라고 들었습니다. 이것은 실론섬에서 나오는 홍차인데 맛과 향이 괜찮습니다."

대한제국의 관습 중에 그런 것이 있는지 바로 떠오르지는 않았으나, 대통령에게 적당히 맞춰서 대답해 주었다.

"사람들이 대화할 때에는 차와 함께하는 것이 좋지요. 향이 상당히 좋군요."

"이번에 제안하신 작전에 대해서 보고받았는데, 상당히 과감하면서도 대담한 작전이었습니다. 도노반 소장도 이우 공이 직접 제안했다는 말에 놀라는 눈치더군요. 성공만 한다면 대추축국의 전쟁 양상을 뒤집어 버릴 수 있는, 아주 굉장한 작전이라고 감탄했었습니다."

"우리나라 말 중에 묘수, 혹은 신의 한 수라는 말이 있습니다. 전체적인 판을 뒤집을 수 있는 단 하나의 수를 말하는 것이지요. 제가 생각한 가장 최선의 묘수였습니다."

몇 가지 작전 중에 내가 생각한 가장 큰 묘수였다.

이 작전은 반드시 성공해야 하는 것이었다. 그래야만이 다른 연합국도 우리가 연합국의 일원이 되는 것에 이의가 없을 것이다.

"묘수라……. 재미있군요. 신의 가호가 대한제국 황실에도 함께하기를 바랍니다."

루스벨트는 무표정한 얼굴로 재밌다는 말을 했다.

진짜 재미가 있는 것인지 아니면 그냥 하는 말인지 그의 표정으로는 전혀 알 수가 없었다.

"감사합니다."

"본격적으로 이곳으로 모시게 된 일부터 진행합시다."

루스벨트는 그렇게 말하고 나서 자기 쪽에 있던 작은 종을 들어 흔들었다.

그 벨소리가 울리자 문이 열리고 유리 제프리가 서류 봉투 하나를 가지고 방으로 들어왔다.

"이미 모든 협의를 마쳤기는 하지만 다시 한 번 확인합시다."

루스벨트는 그렇게 말하고, 자신의 앞에 놓인 서류를 확인했다.

나도 두 부의 서류 중에서 한글로 된 서류를 들어 읽어 나갔다. 이미 한 번 확인했던 서류였지만, 서명을 하기 전 최종적으로 내가 잘못 읽은 부분은 없는지 확인했다.

최종 확인을 위해 보내왔던 통신문과 거의 같은 서류를 확인했다.

이 서류는 윤홍섭이 준비했을 테고, 중경에서 봤던 서류는 영어 통신문을 번역한 것이라 같은 뜻을 가졌더라도 조사와 단어의 차이가 조금 있었다.

물론 내용이 왜곡되거나 뜻이 다른 경우는 없었다.

"여기다 서명하시면 됩니다, 전하."

협정문 검토가 끝나고, 루스벨트는 유리 제프리의 도움으로 나는 윤홍섭의 도움으로 최종 협정문에 서명했다.

양쪽에서 서명한 서류를 교환하고, 다시 한 번 서명을 해서 영한, 두 개의 언어로 작성된 두 부의 서류에 모든 서명을 마쳤다.

"이제 대한인 그리고 이우 공과 나는 한배를 탔습니다. 연합국의 승리를 위해 좋은 결과를 기다리겠습니다."

"미국의 지원으로 마지막 퍼즐을 완성할 수 있었습니다. 앞으로도 미합중국, 대통령과 함께 좋은 관계를 만들어 갔으면 좋겠습니다."

최종적으로 협정서에 서명하고 나서 서로 한, 영문으로 작성된 협정서를 한 부씩 나눠 가졌고, 그사이 카메라를 가진 사람이 회담장으로 들어왔다.

"미국 정부의 기록사진가입니다, 전하. 루스벨트 대통령과 악수하시며 사진을 찍으시면 됩니다, 전하."

윤홍섭의 말에 루스벨트와 악수하며 사진기사를 바라봤다.

'펑' 하며 큰 소리를 내며 플래시가 터졌고, 사진 한 장을 촬영했다.

그리고 양쪽에서 서로 교환한 협정서를 들어 보이며 두 번째 사진을 찍었다.

두 번째 사진까지 촬영하고 나니 기록사진가는 자신의 일을 마쳤다는 듯 나갔고, 루스벨트 대통령이 나를 보면서 말했다.

"영어를 할 줄 안다고 들었는데 사실입니까?"

루스벨트는 국가 간의 외교를 하는 자리에서 상대 정상에게 물어보기에는 조금은 무례할지도, 아니면 조금 이상해 보일 수도 있는 질문을 했다.

"대화는 가능합니다. 그렇지만 이 만남은 국가 대 국가로 만나는 중요한 자리이고 제 영어로 인해 오해가 생길까 해서 이 사람을 통해 통역을 하고 있습니다."

어떤 식으로 대답을 해야 하나 잠시 생각하다 윤홍섭의 통역을 통하지 않고 직접 루스벨트에게 영어로 대답했다.

"저는 한국어는 전혀 하지 못하는데 그 정도면 아주 훌륭합니다. 이우 공이 동의한다면 모든 사람을 내보내고 가볍게 저녁을 먹으며 대화를 하고 싶은데 괜찮은가요?"

장제스와 루스벨트는 거의 비슷한 제안을 내게 했다.

　　권력의 정점에 서 있는 사람들은 듣는 귀가 많은 것을 좋아하지 않는 것인지, 아니면 통역을 통하지 않고 직접 대화하기를 원하는 것인지 알 수 없었으나, 어쨌든 두 사람은 거의 비슷한 제안을 했다.

　　"그렇게 하시지요."

　　루스벨트에게 웃으며 대답했고, 유리 제프리와 윤홍섭은 내가 동의하자 탁자 위의 서류를 정리해 챙기고 우리에게 인사하고 회담장을 벗어났다.

　　그들이 나가고 바로 여직원 두 명이 들어와 탁자 위에 여러 식기를 올려놓았다.

　　"과거 대한제국의 황제였던 고종 황제께서는 모임의 자리에 서양 사람이 있으면 오트 퀴진(haute cuisine : 최고급 양식 요리)을 준비하셨다고 들었습니다. 그래서 나도 이우 공의 미국 방문을 축하하는 의미로 이번에는 대한제국식의 저녁 정찬을 준비했습니다."

　　루스벨트 대통령의 말대로 탁자 위에 올려진 내 식기로 한국식 수저가 놓여 있었다.

　　물론 루스벨트 대통령 본인에게는 포크와 숟가락이 놓여 있었다.

　　"광무제 선황 폐하께서는 서양의 문물을 받아들이는 데 거부감이 없으셨던 분입니다. 그 예로 커피를 참으로 좋아하셨었습니다."

"그 말은 집안 어른이자 26대 대통령이신 시드 도어 루스벨트 전 대통령께 들은 적이 있습니다. 우리 미합중국에서도 고종 황제에게 선물로 여러 차례 보낸 적이 있다고 들었습니다."

"그때는 제가 어릴 때라 정확히는 알지 못하나 우리 황실과 미국은 일본의 일이 있기 전까지는 굉장히 친밀하게 지냈다고 들었습니다. 아, 과거의 일이니 대통령을 탓할 생각은 없습니다. 이제부터라도 건설적인 관계를 만들어 가는 것이 중요하겠지요."

그도 미국과 대한제국 간에 무슨 일이 있었는지 충분히 잘 알고 있는 사람이었고, 내 말에 별다른 반응을 보이지 않으며 웃음으로 대답을 대신했다.

잠시 대화가 끊어진 사이 궁중요리와 비슷한 형태로 밥과 국 그리고 9첩 이상으로 보이는 반찬들이 각자의 상 위에 1인 밥상처럼 차려졌고 식사를 시작했다.

"'젓가락'이라는 것은 참으로 신기하더군요. 나도 한번 시도해 본 적은 있는데, 서툴러서인지 음식을 먹을 수가 없었습니다."

루스벨트는 내가 먹고 있는 모습을 잠시 바라보더니 내 손을 보고 말했다.

"조금만 연습하시면 하실 수 있을 것입니다. 이 젓가락질이 손의 근육을 세세하게 쓸 수 있게 해 주어 손재주가 드러난다는 이야기도 있습니다. 특히 나무 형태로 된 젓가락을 사용하는 다른 나라와 달리 우리나라는 '방짜유기'라는 금속 재질로 만들어진 수저를 사용해 다른 나라보다 젓가락을 사용하시기 힘들 것입니다. 하지만 그만큼 손의 근육을 많이 써야 해 다른 두 나라보다 훨씬 손재주가 뛰어납니다."

젓가락이 손재주를 좋게 만든다는 것은 논리적 비약일지도 몰랐지만, 아예 영향이 없다고는 생각하지 않았다.

어차피 루스벨트와 연구 목적의 학술회를 하는 것이 아니라 식사하면서 간단한 대화를 하는 것이었기에 가볍게 말했다.

"오호, 그런가요?"

"유럽에서도 유행하는 도자기는 동아시아 3국 중에서 조선의 백자와 고려의 청자기같이 우리나라에서 만드는 것을 최고로 치지요."

"조선의 백자라면 대한제국의 외교 사절에게 받은 백자가 백악관에 장식되어 있습니다. 여백으로 비어 있는 미가 오히려 장식으로 가득 찬 중국의 도자기보다 기품 있는 아름다움을 보였습니다. 그 당시 외교 사절이 설명하기를 이 백자의 하얀색과 단순한 모양은 지도자로서 가져야 하는 청백淸白함을 뜻한다고 하더군요."

루스벨트가 하는 말이 그저 눈앞에 내가 있으니 말치레뿐

일지도 몰랐지만, 조선백자에 대한 칭찬에 기분이 좋아졌다.

"예로부터 대한제국의 학자들은 청백함이 지도자가 가져야 할 으뜸가는 가치라고 생각했습니다."

"대단한 가치이고 가장 중요한 것인데, 대한제국의 학자들은 아주 잘 알고 있었던 것 같습니다."

"말씀 감사합니다."

그 뒤로도 이런저런 대한제국과 조선에 관련된 간단한 이야기들을 식사를 마칠 때까지 주고받았다.

주로 루스벨트가 궁금했던 것을 질문했고 내가 대답하는 형식이었지만, 그중에는 내가 모르는 부분도 있어 서로 웃으며 추측도 하며 대화를 이어 나갔다.

길고 길었던 식사를 하고 마지막으로 디저트까지 유과로 먹어 오늘 저녁은 모든 식사를 한식으로 마무리했다.

"시가렛 룸으로 자리를 옮기지요. 아, 내가 다리가 조금 불편합니다. 그러니 이해하세요."

루스벨트는 내게 제안을 하고는 종을 다시 흔들었다. 그리고 마지막에 덧붙이면서 자신의 몸에 대해 내게 말했다.

"불편하시다고요?"

이미 잘 알고 있는 부분이지만, 모르는 척 그에게 되물었다.

"지금은 그때보다 많이 건강해지기는 했는데, 다리가 조금 불편해 오래 걸으면 힘이 듭니다."

루스벨트는 내 질문에 웃으면서 답했고, 그의 종소리에 휠체어를 가지고 온 사람의 도움을 받아 휠체어로 옮겨 앉았다.

휠체어를 타고 가는 그를 따라 고풍스러운 장식과 카펫으로 꾸며져 있는 방으로 옮겼다.

담뱃방으로 자리를 옮기자마자 그는 나무로 된 통에서 아이보리색 담배 홀더를 꺼내 담배를 끼웠다.

그리고 내게도 같은 형태의 담배 홀더에 담배를 끼워 건넸다.

"감사합니다."

흡연을 하지 않는다는 말을 할 새도 없이 그가 너무 자연스럽게 건넨 담배를 받았고, 불이 붙은 성냥으로 자신의 담배에 불을 붙이고 그 불을 내게 건넸다.

그래서 나도 너무나 자연스럽게 그가 건넨 불에 담뱃불을 붙였다.

임시정부 앞에서 담배를 피우고 너무 오랜만에 피운 담배라 순간 기침이 나올 뻔했으나 꾹 참았다.

그의 너무나도 자연스러운 행동에 갑자기 피워 물은 담배였으나, 금방 끄지 않고 한 손에 들고 있었다.

"잘 알고 있겠지만, 유럽의 전쟁 상황이 좋지 않아요. 그래서 나는 대한제국 황실과 대일 전선을 만듦에 있어, 미합중국의 헌법이 정한 한도 내에서 이우 공을 도울 수 있는 모든 방면에서 지원할 것입니다."

식사 자리에선 대한제국의 문화와 같은 상대적으로 편하게 할 수 있는 이야기로 대화를 이끌어 나갔던 것과 다르게 시가렛 룸으로 오자마자 본격적인 주제로 대화하기 시작했다.

"말씀이라도 감사합니다."

"이번 협정에서 대한민국 임시정부라는 곳을 연합국으로서 공식적으로 지정하기를 요청하셨다고 들었습니다."

"그렇습니다. 나는 한반도 유일의 정부로 그들을 선택했습니다."

"이미 실무자 선에서 대화가 끝난 문제이지만, 대한제국 황실이 임시정부를 한반도 유일의 정부로 인정한다는 뜻은 잘 알겠습니다. 하지만 연합국을 설득하기에는 명분과 실질적인 지배권에 대한 견해가 많이 부족합니다. 이미 대한인 사이에는 여러 개의 독립운동 단체가 난립하고 있어 대한인의 완벽한 지지를 받는 것도 아니고, 임시정부가 프랑스의 경우처럼 기존의 공식 정부가 망명한 경우도 아닙니다. 그저 민간인이 모여 만든 임시 단체일 뿐이지요. 만약 미합중국이 연합국의 일원으로 임시정부를 공식 인정하면 더욱 큰 문제가 발생할 가능성이 높다고 우리 쪽에서는 판단하고 있습니다. 특히 연합국의 한 축으로 조선독립연맹을 지지하는 스탈린과 소련의 경우에는 크게 반발할 것으로 생각합니다."

루스벨트는 연신 담배를 태워 가면서 소련에 대해 이야기를 할 때에는 약간의 인상도 쓰면서 말했다.

　"그런 우려가 있다는 것은 우리도 파악하고 있습니다. 하지만 소련이 반발하는 것은 엄연한 내정간섭입니다. 대한제국 황실을 한반도의 주인으로 보고 있다면, 우리가 하는 선택은 대한제국 내에서의 정치적 판단일 뿐입니다. 그것에 반발한다는 것은 우리의 내정에 대해 간섭하겠다는 의지로밖에 판단되지 않습니다."

　"물론 기본적으로 연합국과 우리 미합중국은 우드로 윌슨 Woodrow Wilson 전 미합중국 대통령의 14개 조, 민족자결주의의 뜻을 이어 가지만, 국가 간의 정치적 상황에 따라 힘든 경우도 많이 있습니다. 그래서 우리는 다른 국가가 간섭하기 힘든 정치적 유산을 가지고 있는 대한제국 황실이 한반도의 주인으로서 대일 전선의 중심이 되어 주기를 바랍니다. 독립한 이후 임시정부를 공식 정부로 지정한다면, 소련도 내부적으로야 반발하겠지만, 공식적으로는 대한제국 황실의 입장을 지지할 수밖에 없습니다."

　"미국의 입장에 대해서는 우리도 이해하고 있습니다. 그래서 이번 협정에서 미국의 뜻을 수용했습니다."

　"그 부분에 대해서는 감사하게 생각하고 있습니다. 우리 미합중국은 일본과의 전쟁을 1943년 안에 종결해야지만, 추축국의 예봉을 꺾고 불리하게 돌아가고 있는 유럽의 전선에 집중해 반격의 실마리를 만들 수 있다고 생각합니다. 1년, 1년 안에 이 전쟁을 끝마쳐야 합니다. 그래서 더욱 이번 이우 공이 추진하는 작전에 많은 기대를 하고 있습니다. 우리가 서로 아주 유기적으로 움직여야지만, 이 작전을 성공시킬 수 있을 것입니다."

"미합중국 역시 준비를 시작한 것으로 알고 있습니다. 우리가 뚫을 수 있는 기간은 길어야 일주일입니다. 일본이 전선을 물리고 우리에게 집중하면 일주일도 못 버티겠죠."

"일주일이 아니라 단 2일 만이라도 버텨 준다면, 그 지역을 완벽히 확보할 것입니다. 소련 역시 이번 작전에 투입하기 위해 비밀리에 군대를 이동하고 있으니, 이우 공이 성공해 준다면 후속 조치는 연합국에서 완벽히 마무리할 것입니다. 중화민국 역시 우리의 요청으로 대대적인 반격을 준비하고 있으니, 너무 걱정하지 마세요. 이우 공이 첫 시작을 잘 만들어 준다면, 그 뒤로는 우리 미합중국이 책임지고 작전을 완수시킬 것입니다."

7장

　루스벨트 대통령과 회담을 마치고 메이플 오두막으로 돌아왔다.

　숙소의 거실에 앉자 윤홍섭이 가지고 있던 협정서를 내게 보여 줬다.

　"협정서는 어떡하면 되겠습니까, 전하."

　"영문으로 된 협정서는 미국의 제국익문사에 보관하도록 하세요. 그리고 한국어로 된 협정서는 우리가 가져갈 것이니, 영문 협정서를 꺼내 잘 보관하세요. 봉투는 우리가 가져갈 것입니다. 그리고 필사본도 동봉하도록 하세요."

　모든 서류를 하나로 가지고 가는 것은 혹시 모를 사태가 생길지도 몰라 위험했다.

그래서 원본은 두 개로 나누고, 각각의 원본과 같은 필사본도 따로 만들어 나눠 놓기로 했다.

그리고 봉투는 최지헌을 통해 미국 쪽에서 알아볼 수 있도록 공개적으로 가져갈 계획이었다.

우리가 서류를 중경으로 가져간다고 믿게 할 계획이었다.

"루스벨트 대통령은 노호老虎 같더군요. 아직 눈빛은 살아 있지만, 이미 나이가 들어 그가 젊었을 때 보였을 야수와 같은 느낌은 느껴지지 않았어요. 그래도 눈빛만큼은 아직도 먹이를 쫓는 범처럼 강력한 기세가 보였어요."

응접실의 소파에 앉아 책상에서 협정서를 필사하고 있는 윤홍섭에게 말했다.

"그래도 만만치 않은 인물입니다. 미국 내에서 정치적으로는 마땅한 상대가 없어서 무소불위의 권력을 휘두르고 있습니다, 전하."

윤홍섭은 내 말에 필사하던 것을 잠시 중단하고 대답했다.

"도노반 소장은 어떤 사람이던가요?"

우리와 일을 하고 있는 미국의 사람 중 미국 대통령과 동아시아 총책임자 유리 제프리는 만나 봤지만, OSS의 수장인 윌리엄 조세프 도노반 소장은 못 만나 봤기에 그를 만나 본 적 있는 윤홍섭에게 물었다.

그러자 최지헌은 윤홍섭이 나와 대화하면서 필사할 수는 없다고 생각했는지 그에게 다가가 윤홍섭이 필사하고 있던 것을 넘겨받았고, 윤홍섭은 내가 앉아 있는 곳으로 왔다.

"앉으세요."

서서 내게 말하려는 윤홍섭에게 자리를 권하자 내 맞은편에 조심스럽게 앉았다.

"직접 만난 것은 두 번이온데, 첫 만남은 해리 트루먼 연방 상원의원의 보좌관과 북미 대한인국민회에 대한 이야기를 하기 위해 국회의사당의 로비에서 기다릴 때였습니다. 저는 그가 누군지 알아보지 못했으나, 그가 직접 저에게 말을 걸었었습니다. 이 내용은 이전의 보고서에도 들어 있어 알고 계실 것이라 생각됩니다. 두 번째 만남은 이번 협정서를 작성하기 위해 협상할 때였는데, 그가 협상장에 딱 한 번 나왔던 적이 있습니다. 처음 그를 의회 로비에서 만났을 때에는 부드러우면서도 변호사 출신답게 법과 관련된 지식이 높아 보였습니다. 두 번째 만났을 때에는 협상이 진행되는 과정이었지만, 원리, 원칙을 중요시한다는 인상을 받았습니다, 전하."

"변호사 출신의 원리원칙주의자라……. 피곤한 스타일이군요."

변호사를 직접 겪어 본 적은 없었다. 미래에서나 이곳에서나 변호사라는 직업군의 사람을 만날 일이 없었다.

다만 여러 매체와 드라마를 통해 알게 된 변호사에 대한 생각은, 말로서 먹고사는 사람인 만큼 말을 정말 잘한다는 것이었다.

거기다 원리원칙주의자인 변호사라면 생각만으로도 피곤해지는 느낌이었다.

"변호사뿐 아니라 연방대법원에서도 근무했는데, 연방대법원에 근무할 때 법무장관의 부재로 법무장관 대리도 했었습니다. 그리고 이건 정확한 정보는 아닌데, 록펠러 재단에서 근무했다는 소문도 있었습니다, 전하."

"록펠러? 제가 아는 그 록펠러 말인가요?"

순간 내 귀를 의심하면서 되물었다.

내가 알고 있는 그 록펠러라면 로스차일드 가문과 함께 세계적으로 영향력을 펼치는 그 가문을 말하는 것이었다.

"석유왕을 생각하시는 것이면 맞습니다. 물론 지금은 반독점법으로 회사가 나뉘고 나서 그 돈으로 이곳저곳에 손을 뻗었는데, 정치권에도 록펠러의 지원을 받은 인사가 많이 있습니다. 도노반 소장도 대외적으로는 록펠러 재단과 관련성이 보이지 않으나, 그가 정치 쪽에서 영향력을 발휘하는 것은 뒤에 록펠러 재단이 있지 않나 합리적 의심은 들게 합니다, 전하."

"확인할 방법은 없겠군요. 일단은 그 문제는 잠시 제쳐 두는 것이 좋을 것 같군요."

미국에서 제국익문사가 활동 가능한 범위는 정말 좁았고, 특히 도노반 소장은 현재 미국의 정보 부서의 최고지휘

자였다.

그에 대해서 정보 수집을 하기 시작하면 그가 분명 알게
될 것이었다.

"그렇습니다, 전하."

윤홍섭도 내가 무슨 생각을 하는지 알아 더는 말하지 않았
다.

우리가 대화하는 사이에 필사를 마친 최지헌이 세 개의 봉
투를 내게 가져왔다.

하나는 미국 정부를 뜻하는 마크가 선명히 보이는 봉투였
고, 다른 두 개는 신문 종이를 재활용해 만든 어두운 색의 종
이봉투였다.

"이곳에는 필사본만 두 장이 들어 있고, 윤홍섭 박사님께
드린 봉투에는 영문 협정서 원본과 한글 필사본이, 제가 가
지고 있는 것에는 한글 협정서 원본과 영문 필사본이 들어
있습니다, 전하."

"그래요. 각자 잘 챙겨서 안전한 곳에 보관해 주시고, 이
건 중경으로 돌아갈 때 시월이가 가지고 다니거라."

원본이 들어 있는 두 개의 봉투는 윤홍섭과 최지헌 두 사
람이 들었고, 미국에서 준 협정서 봉투에 필사본만 들어 있
는 것은 내가 들어 시월이에게 건네주었다.

"알겠습니다, 전하."

이미 협정을 완료한 미국이 무슨 일을 벌이거나 하지는 않

겠지만, 제국익문사의 내부 규정에 따라 공식 문서를 처리해서 여러 개의 봉투로 나누었다.

각 서류는 각각의 안전 장소로 나뉘어 보관될 것이었다.

처음에는 그래도 미국까지 오는 것이라 혹시라도 하루 이틀 있으며 루스벨트와 더 대화를 하거나 관계자를 만날지도 모른다고 생각했는데, 그런 일은 없이 헬기가 안전하게 뜰 수 있는 아침이 되면 워싱턴 D.C.로 떠나기로 했다.

저녁을 먹으며 가벼운 대화를 할 때에 이런 시기에 며칠씩 이곳에 머무는 것은 나에게 힘든 일이라고 말했더니, 루스벨트 본인도 이곳에 나와 함께 며칠 더 머무르며 대화를 하고 상의할 수 있으면 좋겠지만 현실적으로 힘들다고 했다.

자신도 백악관에 산적한 문제가 많아 해가 뜨는 대로 백악관으로 돌아갈 것이라고 했다.

내가 먼저 방으로 들어오고 나서 내 방 안에서 근무를 서는 무명을 제외하고는 모두 각자 배정된 방으로 들어갔다.

평소라면 방 안에서 나를 경호하거나 하지는 않았지만 세 명이 24시간 돌아가면서 나를 경호해야 해 이곳에 있는 동안만 내 방 안에서 나를 경호하기로 했다.

처음 입구를 경호했는데, 무명이 방 안의 상황을 다시 한 번 살펴보고, 문밖에 대기해서는 비상 상황에 빠르게 대응할 수 없다는 것을 말해 그가 원하는 대로 하도록 했다.

의자에 앉아 내 침대 쪽을 보고 있는 무명을 두고 침대로 들어갔다.

특별히 협상을 하거나 하지도 않았는데 루스벨트를 만난 것 자체가 많이 피곤한 일이었는지, 아니면 2일간의 비행으로 생긴 피로를 아까 제대로 풀지 못하고 잠깐 쉬어서인지 침대에 눕고 얼마 안 되어 깊은 잠으로 빠져들었다.

⁂

평소보다 조금 이른 시간에 잠들어서인지 새벽 3시, 아직 해가 떠오르기에는 한참 이른 시간에 목마름을 느껴 잠에서 깨어났다.

침대에서 일어나 자리끼로 놓여 있는 물을 먹기 위해 손을 뻗으니 내가 달그닥거리는 소리에 말소리가 들렸다.

"기침하셨습니까? 제가 드리겠습니다, 전하."

아직은 앳된 느낌이 남아 있는 여자의 목소리, 시월이었다.

시월이는 내 소리에 내 침대로 다가와 자리끼의 물을 한 잔 따라 내게 건네주었다.

"그래, 네가 이 시간에 근무하는 것이냐?"

"네, 그렇습니다. 제가 4시까지 전하를 경호하고, 4시부터 7시까지 최지헌 통신원이 경호할 것입니다, 전하."

"고생이 많구나."

목이 말라 깨어나기는 했지만, 물 한 모금 마시고 나자 잠에서 완벽히 깨어났다.

잠에서 깨어나자 밤새 죽은 듯 움직이지 않고 잠들었던 것인지 몸을 움직이기 시작하자 온몸에서 비명 소리가 나는 듯 찌뿌둥했다.

"산책을 나갈 것인데, 함께 가겠느냐?"

"채비하겠습니다, 전하."

이미 잠에서 다 깨 버렸고, 이곳에는 따로 읽어야 할 서류를 가져온 것이 없어 산책이라도 하기 위해 일어났다.

내가 옷을 갈아입고 응접실로 나오니, 최지헌과 시월이가 함께 서 있었다.

"시월이 혼자 나가도 괜찮은데, 벌써 일어났나?"

"조금 전에 일어나 교대를 준비하고 있었습니다. 야외로 나가면 시월 양 혼자 경호하기는 힘들 것이니, 저도 동행하겠습니다, 전하."

이곳은 외부는 미국 해군에서, 샹그릴라 내부는 지금같이 대통령이 와 있을 때에는 비밀경호국에서 경비를 하고 있었다.

"자네는 조금 더 쉬고 있게. 미 대통령이 와 있는 지금은 자네까지 나서 우르르 다니면 오히려 미국에서 경계할 걸세. 그리고 이곳을 나가면 미국 경호국에서도 경호를 할 것이니 더 쉬고 있게. 아니면 시월 네가 조금 일찍 쉬겠느냐?"

상대국 정상에 대한 예의로 내 경호원들은 권총을 소지하고 있었기에 최지헌까지 함께 걸어가면 오히려 경계할 것 같아 말했다.

딱히 내가 미 대통령에게 위해를 가할 것이 아니라 괜한 오해를 불러일으킬 일은 하지 않으려 했다.

"제가 다녀오겠습니다, 전하."

시월이가 내게 말했고, 최지헌도 잠시 망설이다 내게 인사했다.

내 예상대로 시월이와 함께 오두막 밖으로 나가자 내 숙소를 경호하고 있던 사람 중 가장 선임자로 보이는 사람이 내게 다가왔다.

"어디 가십니까, 전하."

"잠시 산책이라도 할 참이네. 안내하겠는가?"

"안내하겠습니다. 그리고 경호국에서 경호하겠습니다, 전하."

역시 나에 대한 경호도 있겠지만, 감시 역할도 하기 위해 다섯 명의 경호원들이 조금은 넓게 진영을 만들었다.

그런 그들을 신경 쓰지 않으며 최선임자의 안내에 따라 뒷산으로 향하는 산책길에 올랐다.

7월의 더운 날씨였지만, 지대가 높고 늦은 새벽이어서인지 선선한 바람이 기분 좋게 나를 감싸 안았다.

20분 정도 산책하고 있을 때 나를 안내하고 있던 사람에게 다른 한 사람이 다가와 귓속말을 했다.

"전하, 이쪽으로 가시면 미스터 프레지던트께서 산책하고 계십니다. 그래서 이 길로 가시면 미스터 프레지던트와 마주치실 것입니다. 미스터 프레지던트께서는 전하와 마주쳐도 상관이 없다고 하셨습니다만, 만나기를 원하지 않으시면 이쪽으로 가시면 됩니다, 전하."

경호원은 내게 갈림길에서 두 길을 가리키며 말했다.

"나도 마주쳐도 상관없으니 이쪽으로 가지."

루스벨트가 나를 마추져도 상관없다고 미리 말해 다른 길로 가지 않고, 그 길로 갔다.

상대 쪽에서 상관없다고 하는데 내가 다른 길로 가게 되면 일부러 피한다는 인상을 줄 것 같아서였다.

물론 나도 루스벨트를 만나는 것에 별다른 거부감이 없었다.

루스벨트가 있는 산책로로 들어가자 내 옆에 있던 직원이 시월이에게 다가가 무언가 말을 했다.

하지만 그녀가 영어를 알아듣지 못해 결국 내게 와서 조심스럽게 말했다.

"전하, 송구하지만 경호원께서 영어를 알아듣지 못하셔서 대신 말을 전해 주실 수 있겠습니까?"

경호원은 한참을 망설이다 아주 조심스럽게 내게 물었다.

"말하게."

"전하의 경호를 위한 권총 소지는 인정하지만 어떠한 경우에도 미스터 프레지던트의 앞에서는 품속으로 손을 넣으시면 안 됩니다. 품으로 가져가는 것만으로도 위험 행위로 간주, 조치할 수 있음을 알려 주십시오, 전하."

경호원의 말을 그대로 시월이에게 전해 주었고, 시월이도 잘 알아들었다고 대답했다.

산책로를 따라 5분 정도 더 걸어가자 수십 명의 사람이 눈에 들어왔고, 그 중앙에 휠체어를 타고 있는 루스벨트가 눈에 들어왔다.

"또 뵙습니다, 미스터 프레지던트."

"그러게요. 다시 만나는 날은 먼 미래일 것이라고 생각했는데 생각보다 빠르게 만남이 생겼습니다, 이우 공."

휠체어를 탄 루스벨트는 나를 발견하고 웃으며 손을 내밀었고, 내가 그에게 다가가 악수했다.

"이곳은 의사의 조언으로 만들어진 곳인데, 지대가 높고 날씨가 좋아 아주 좋아하는 곳입니다. 이우 공이 보기에는 어떤가요?"

"숲에 있는 여러 종류의 나무와 조명 들이 예쁘군요."

산책로는 곳곳에 조명이 설치되어 있어 밤이라도 스산한 느낌보다는 주황색 조명의 따뜻한 느낌이 훨씬 강했다.

"나는 그런 인공적인 조명보다는 하늘의 별을 더 좋아하는 편입니다. 이것에 의지한 다음부터는 하늘을 보는 날이 많아졌고, 특히 밤에 이것에 기대어 하늘을 보면 낮에 내 머리를 아프게 했던 모든 것들이 날아가는 기분입니다."

루스벨트는 휠체어에 깊이 몸을 기대고는 하늘을 올려다보며 말했다.

"나 역시 하늘의 별빛도 좋아합니다."

"밝을 때에는 존재하는지조차 알 수 없고 어둠이 지고 나서야 겨우 보이는 별빛은 어려움을 겪어 봐야 진정한 친구를 알 수 있다는 옛 선인의 격언을 떠오르게 합니다."

루스벨트는 하늘을 멍하니 올려다보다 비서에게 담배를 받아 피우며 혼잣말을 하듯, 읊조리듯 말했다.

"비슷한 말이 우리나라에도 있지요. 나는 미국과 대한의 관계가, 일본과의 전쟁 앞에서 그런 친우가 되었으면 좋겠군요."

하늘 위로 흩어지는 연기를 보며 나도 작은 목소리로 대답했다.

한참을 하늘을 올려다보다 산책하느라 나왔던 땀이 바람이 실려 없어질 때쯤 루스벨트가 돌아가기 위해 비서를 불렀다. 그에 그의 등에 대고 말했다.

"우리 정치가들의 이 대화가 많은 피를 불러올 것입니다. 우리가 악마가 되지 않도록 미합중국에 신의 가호가 함께하기를 바랍니다."

미국에게 말하는 것이지만 어쩌면 내 자신에게 하는 말일

지도 몰랐다.

"신의 가호가 함께하기를."

"God bless, Your country."

ᏟᎢᏟ

미국으로 갈 때와 마찬가지로 2일에 걸쳐 비행해 중경으로 돌아가 가기 위해 워싱턴 D.C.로 가는 헬리콥터를 메이플 오두막 응접실에 앉아 기다렸다.

"윤 대인은 요원들이 훈련 중인 장소를 방문해 보았나요?"

멍하니 앉아 있다 미국에서 훈련 중인 요원들이 생각나 내 맞은편 소파에 앉아 있는 윤홍섭에게 물었다.

"군사기밀 지역으로 분류되어 방문은 하지 못했습니다. 다만 그들이 무슨 훈련을 받고, 요원의 상태가 어떤지에 대한 것은 OSS로부터 넘겨받은 보고서를 통해 알고 있습니다, 전하."

"최 통신원, 밖에 유리 제프리가 있는가?"

"확인해 보겠습니다, 전하."

최지헌이 나가고, 윤홍섭이 궁금한 듯 내게 물었다.

"전하, 훈련소를 방문하시려고 그러십니까?"

"네, 이곳까지 온 김에 잠시 들러 이제 곧 작전에 투입될 요원들을 격려하는 것도 나쁘지 않아 보여서요. 미국이 거부

할까요?"

"비밀스럽게 미국을 다녀가는 것을 목적으로 하셨지만, 그곳은 이미 존재 자체가 비밀이고 OSS에서 관리하는 곳이니 가능할 것 같습니다, 전하."

최지헌이 나가고 얼마 안 되어 유리 제프리와 함께 돌아왔다.

"찾으셨다고 들었습니다, 전하."

"내가 돌아가는 일정은 이곳으로 올 때와 같은가?"

"그렇습니다. 워싱턴 D.C.를 거쳐 캘리포니아, 하와이, 충칭으로 돌아가는 일정입니다, 전하."

"산타 카탈리나 섬이 캘리포니아에 있다고 들었는데, 캘리포니아에서 잠시 우리 요원들을 격려하기 위해 요원들이 훈련받고 있는 곳을 방문할 수 있나?"

"특별한 문제는 없으나, 군사기밀 지역이라 제가 결정할 수 있는 사항은 아닙니다. 상부에 보고해 확인해 보도록 하겠습니다, 전하."

"꼭 방문하고 싶다고 전하게."

"알겠습니다, 전하."

유리 제프리가 나가고 원래 예정되어 있던 헬기 이륙 시간이 조금 지난 뒤 유리 제프리가 돌아와 산타 카탈리나의 훈련소를 방문할 수 있음을 알려 주었다.

기존의 일정보다 조금 늦어지기는 했지만, 이곳에서 워싱턴 D.C.로 가는 헬기에 올라 워싱턴 D.C.를 들렀다가 비행기로 갈아타고 캘리포니아로 향했다.

윤홍섭은 워싱턴 D.C.에 남아야 해 워싱턴 D.C.의 미 공군기지에서 헤어졌고, 캘리포니아로 가는 비행기 안에는 내 경호원 세 사람과 유리 제프리만이 남아 함께 캘리포니아로 향했다.

"캘리포니아에 도착하시면 바로 헬기 두 대에 나눠 타서 카탈리나 섬으로 가게 될 것입니다. 헬기로 10분 정도면 도착하는 가까운 거리이나, 대형 헬기가 착륙할 수 있는 헬리포트가 없어, 소형 헬기 두 대에 나눠서 탑승하실 것입니다."

"알겠네."

유리 제프리의 말대로 캘리포니아에 도착하자 소형 헬기 두 대가 우리를 기다리고 있었다.

해는 아직 중천에 떠 있었지만, 어둠이 내리면 헬기의 비행이 위험해 카탈리나 섬을 방문했다가 돌아올 수가 없어 되도록 해가 떠 있을 때 다녀오기 위해 빠르게 헬기로 갈아타고, 산타 카탈리나 섬으로 향했다.

선행 헬기에는 유리 제프리와 최지헌이 탑승했고, 후발 헬기에 나와 시월이, 무명이 탑승했다.

빠르게 날아오른 헬리콥터는 푸른빛 바다를 건너 펜촉처럼 생긴 섬 위에 도착했다.

먼저 도착한 헬기가 헬리포트에서 이륙하자 우리 헬기가
그 헬리포트로 착륙했다.

헬리포트 주위로는 이미 10여 명의 사람이 미군의 육군
복장인 녹색의 군복을 입고 헬기가 착륙하기를 기다리고 있
었다.

"산타 카탈리나 훈련소 방문을 환영합니다, 전하."

내가 헬기에서 내리자 40대 후반 정도로 보이는 백인 미군
장교가 내게 인사해 왔다.

유리 제프리가 그에 대해 이곳을 책임지는 훈련소장이
라고 소개했고, 그 뒤로 한 사람씩 누구인지 내게 설명을
했다.

"이번 인데코 작전의 대한인 부대 부대장 이철암李鐵嵓입
니다, 전하."

중경에서도 몇 번 본 적이 있는 이철암 사신이 늠름한 모
습으로 내게 인사했다.

비록 미 군복을 입고 있지만, 그의 어깨에는 태극 모양과
오얏꽃 문양이 수놓여 있었고, 그 사이에 대한이라는 한글이
선명히 박혀 있는 약장을 착용하고 있었다.

이철암 사신은 제국익문사에서 독리, 사기, 사신 순으로
세 번째 높은 계급의 요원이었다.

고위직 인사는 노령과 연락 두절로 얼마 남아 있지 않았는
데, 두 명 남아 있는 사신 중 한 명이었다.

다른 한 명은 블라디보스토크에서 광무대에 합류해 활동하고 있었는데, 그는 중경에서 활동하다 이번 작전에 자원해 참여한 사람이었다.

　"이철암 사신, 오랜만인데 얼굴이 더 좋아진 것 같습니다. 미국이 체질에 맞나 보군요."

　"이곳에서 조국을 위해 훈련하고, 곧 작전에 투입된다는 기쁨으로 기쁘게 훈련받고 있습니다!"

　마치 신병이 장군에게 보고하듯 이철암 사신은 강인한 목소리로 대답했다.

　그다음으로 서 있는 사람은 처음 만나는 사이지만 사진으로 본 기억이 있어 잘 알고 있는 사람이었다.

　"전하, 만나 뵙게 되어 영광입니다. 대한인 부대 선임장교 유일한입니다, 전하."

　내가 사진으로 보았을 때에는 백발을 곱게 빗어 넘긴 선한 인상의 노인이었는데, 지금의 그는 사진보다 훨씬 젊고, 아직 검은 머리로 생생한 선한 인상의 청년이었다.

　청년이라고 해도 사실 50대가 가까워 오는 노인에 가까웠지만, 그의 밝고 선한 표정과 당당한 자태가 청년으로 불러도 무리가 없게 느껴졌다.

　"유일한 박사! 편지로 많이 봐서 그런지 오랜 친우를 만나는 느낌이군요. 반갑습니다."

　유일한 박사와는 거의 1년 동안 편지를 주고받았기에, 처음 만났지만 친근한 느낌이 들 정도였다.

그 뒤로 제국익문사의 통신원 대표로 나온 통신원까지 나를 반겼다.

그들과 인사를 마치고 훈련장으로 이동하자, 140여 명에 이르는 사람이 모두 모여 있었다.

대한인뿐 아니라 미군 부대의 훈련을 보조하는 교관들까지 모두 모여 있었다.

"송구하지만 이곳으로 오면서 말씀드렸던 것처럼 일몰 시간 전까지 돌아가려면 1시간 정도의 시간밖에 없습니다. 이곳에서 대원들을 만나시고, 훈련장 방문은 시간 관계상 힘들 것 같습니다, 전하."

"알겠네. 아쉽지만 대원들을 만나 격려하는 것으로 만족하지."

비밀 훈련소라 그런지 연병장에 딱히 단상이랄 것이 없었고, 내가 제대 앞에 서자 내 키를 생각하지 못한 미군 측 장교들 사이에서 당황하는 소리가 나왔다.

그런 그들을 내버려 두고, 나는 최대한 많은 요원들과 눈을 마주치기 위해 주위를 둘러보다 근처에서 가장 커 보이는 바위가 눈에 띄어 그 바위를 밟고 올라섰다.

내 가슴 높이까지 올라오는 상당히 높은 바위에 올라가기 위해 옷이 조금 더러워졌고, 최지헌과 무명의 도움을 받아 겨우 올라섰다.

대한제국의 왕족이 온다는 말에 긴장한 채로 서 있던 미군들 사이에서 작은 키의 동양인이 키만 한 바위 위로 낑낑거리며 올라가는 모습이 웃겼는지 약간의 웃음이 나왔다.

그러자 그런 그들의 모습에 나와 인사했던 미군 훈련소장이 눈짓으로 주의를 줬다.

"아아, 이곳까지 오는 것이 힘들다고 생각했는데, 이 바위 위로 올라오는 게 가장 힘들군요."

내가 바위에 올라서 묻어 있던 먼지를 대충 털어 내면서 말하자 미군뿐 아니라, 우리 대원들 중에서도 얼굴에 미소가 걸리는 사람이 몇 명 보였다.

처음 농담은 미국인들에게도 들으라고 영어로 했지만, 그 다음부터는 한국어로 말하기 시작했다.

"조국을 잃은 아픔으로 이 먼 곳에서도 조국을 위해 노력하고 있는 여러분에게 다시 한 번 마음 깊이 감사드립니다."

그렇게 말하고 나서 고개를 숙이자, 잠시 침묵이 이어지더니 누군가 박수를 치기 시작했다. 곧 그 소리가 점점 커져 연병전 전체를 채웠다.

미군들도 무슨 뜻인지는 몰랐으나, 주위에서 박수치니 그들도 함께 박수를 쳤다.

"누군가 제게 이런 말을 했습니다. '이미 망해 버린 제국의 왕자가 무슨 일을 할 수 있겠냐고. 이미 수명이 다해 버린 제국은 과거의 영광일 뿐이라고, 과거의 영광에 사로잡혀 현재를 희생하는 것은 옳지 못한 결정이다.'라고 말입니다. 그러나 나는 과거 제국의 영광에 사로잡힌 적도, 옳지 못한 판단을 한 적도 없습니다. 지금 우리의 조국은 잠시 동안 긴 잠에 들어 있을 뿐입니다. 우리는 수천 년의 역사 동안 외세의 침입을 이겨 내고 승리의 역사를 만들어 왔습니다. 난 여기 있는 우리가 그 긴 잠을 깨우는 민족의 종이 될 것이라고 믿어 의심치 않습니다. 여러분의 피땀이 우리 민족의 등불이 될 것입니다. 그 영광의 길을 나아가십시오. 제가 여러분과 함께 그 길을 걸어가겠습니다."

내가 이들에게 해 줄 수 있는 게 이런 연설로 용기를 불어넣어 주는 것뿐이라 생각해 준비한 연설이었다.

길지 않은 연설이었지만 연설을 하면서 대원 한 사람 한 사람의 얼굴을 보았다.

사진으로 본 적 있는 제국익문사의 통신원들과 내가 미국으로 보낸 장준하, 미국에서 내 뜻에 동의해 함께해 주는 사람들까지 모든 사람의 얼굴을 눈으로 확인하기 위해 노력했다.

짧은 연설이 끝나고 나자 잠시 동안 침묵이 이어졌다.

"와!"

그 침묵 끝에 장준하가 치는 작은 박수 소리가 들렸고, 그 소리가 점점 커지더니 이내 연병장을 아주 큰 함성 소리가 가득 메웠다.

그들의 함성 소리를 들으며 바위 위에서 뛰어내렸다.

내가 바위에서 내려오고 나서도 한참 동안 이어진 함성 소리는 제대로 다가가 한 명 한 명에게 악수를 건네는 내내 이어졌다.

모든 요원들과 악수를 마치고 미군의 사진기로 모든 사람이 모여 사진 한 장을 찍고 나자, 예정되었던 시간보다 20분이 더 지나 있었다.

유리 제프리의 안내로 헬기를 타고 캘리포니아로 돌아갔다.

마지막으로 바라보는 산타 카탈리나 섬은 뜨거운 심장을 가진 대한인 대원들의 열기가 느껴지는 듯 따뜻하게 느껴졌다.

※※※

짧은 미국 방문을 마치고 중경으로 돌아오자, 떠날 때와는 다른 가라앉은 분위기의 중경이 나를 반겼다.

미군 기지를 벗어나 도심으로 들어가자 곳곳에 무너진 집들이 눈에 들어왔다.

전쟁 중이기는 해도 중경은 평시와 같은 평화가 유지되고 있었는데, 지금 보이는 모습은 그런 모습과는 전혀 거리가 먼 상황이었다.

"무슨 일 있었던 것인가요?"

제국익문사 사무소는 별다른 변화가 없어 사무소로 들어가자마자 오랜만에 보는 심재원에게 인사할 겨를도 없이 물었다.

"일본군의 폭격이 있었습니다. 전하가 떠나신 날 오후부터 하루 한 차례씩 총 세 차례의 폭격이 이어졌는데, 미군과 중화민국 공군이 일본의 폭격기가 이륙하는 비행장을 폭파해 폭격이 중단되기는 했으나, 수도인 이곳 중경까지 폭격이 일어나 남경에서 후퇴할 때와 같은 불안감이 중경 시내 전체를 감싸고 있습니다, 전하."

"일본군이 폭격을?"

중경까지 폭격을 했다는 역사를 본 기억이 없어 놀라며 되물었다.

중경은 중화민국의 최후의 보루였는데, 이곳까지 폭격이 이어진다는 말에 놀랄 수밖에 없었다.

"그렇습니다, 전하."

"중화민국 쪽에서는 어떻게 대응하고 있나요?"

"이번 폭격으로 가옥이 피해를 입기는 했으나 인명 피해는 적어, 일본군의 비행장을 공격해 폭격을 중단시킨 이후로는 민심을 다독이고 항일 여론을 구축하는 데 노력하고 있습니다, 전하."

"효과가 있었나요?"

"난징에서 있었던 일로 민심이 안 좋기는 했으나, 이번에는 가옥을 잃은 사람들에게 임시 거처를 마련하는 등 빠른 대응으로 민심이 그리 나쁘지는 않습니다, 전하."

"그나마 다행이군요……. 아, 우리 쪽 피해는 없었나요?"

"폭격이 도심을 중심으로 이루어져 비밀 안가 중 한 곳이 포격을 맞기는 했으나 인명 피해는 없었습니다, 전하."

우리의 인명 피해가 없다는 말에 그제야 조금 마음이 놓여 사무실의 소파로 가서 앉았다.

심재원도 나를 따라 내 맞은편에 앉았다.

"그래도 이곳에 심 사무가 있어서 다행이네요. 놀라서 인사할 새도 없었네요. 그동안 잘 지냈나요?"

"전하의 걱정으로 무탈하게 지냈습니다. 미국에 가셨던 일은 전하의 뜻을 다 이루셨습니까, 전하?"

심재원의 말에 최지헌에게 눈짓했고, 그가 자신의 품속에서 협정서를 꺼내 탁자 위에 올려놓았다.

"심 사무가 꼼꼼히 준비해 준 덕분에 우리가 이루려고 했던 목표는 모두 이뤘어요. 이제 진짜 독립 전쟁에서 승리하는 것만 남았어요."

"차질이 없도록 준비하겠습니다, 전하."

심재원은 탁자 위의 협정서를 꺼내 살펴보다 내 말에 협정서를 내려놓고 대답했다.

8장

　중경에 도착하고 다음 날 바로 김구 주석과 만나기 위해 임시정부가 있는 섬으로 향했다.

　임시정부로 들어가지는 않고, 근처 객잔으로 향했다.

　조그만 객잔으로 딱히 알려지거나 한 곳이 아니라 사람들의 눈을 피해 만나기 적당했다.

　객잔에 내가 먼저 도착해 기다리자 잠시 후 김구 주석이 경위대장 한성규와 함께 작은 방으로 들어왔다.

　"어서 오세요, 주석."

　"만남을 가진 지 얼마 되지 않았는데, 찾으셔서 놀랐습니다. 혹 이번 폭격 때문에 그러시는 것이십니까? 제국익문사에 피해가 있었습니까?"

미국으로 떠나기 전에도 김구 주석을 만났고, 협정과 작전에 대해 알려 주었지만, 구체적으로 언제 협상이 마무리되는지는 말하지 않았었다.

"천천히 말씀하시죠. 그리고 조용히 이야기하고 싶군요."

내 경호원인 최지헌과 무명, 시월이는 밖에서 대기하고 있었는데 경위대장인 한성규가 들어온 것을 보고, 그를 바라봤다.

그는 잠시 망설이더니 김구 주석이 고개를 끄덕여 허락하자 그제야 문밖으로 나갔다.

"이건 미국과 체결한 협정서의 필사본이고, 일전에 이야기했던 것은 모두 마무리했습니다. 이제부턴 예정대로 탈환 작전을 시작할 것이라는 걸 알려 주기 위해 이런 자리를 마련했어요."

"벌써 체결하셨습니까?"

나는 대답 대신 고개를 끄덕이고는 탁자 위의 찻잔을 들어 올렸다.

김구 주석도 그에 따라 내가 탁자 위에 올려놓은 협정서를 읽어 나갔다.

"한글로 작성이 되었습니다."

"독립된 나라의 글은 국한문 혼용체가 아닌 한글이 될 것입니다. 필요에 따라 한문을 쓰기도 하겠지만, 지금의 책처럼 한자만 쓰이는 경우는 없을 것이에요. 그게 나와 황실의 뜻이에요."

제국익문사는 나의 명령에 따라 국한문 혼용체가 아닌 순수 한글에 꼭 주석이 필요한 곳에만 괄호를 치고 한문을 쓰고 있었다.

국한문 혼용체에 한문을 위주로 한글 조사를 붙이는 것이 주류였는데, 이 협정서는 한글이 중심이 되어 작성되었다.

"좋은 뜻이긴 하나, 한문을 사용하지 않으면 글의 뜻을 알기 힘들 것입니다."

"우리말 사전을 만들면 되겠지요. 그리고 동의어 같은 경우, 꼭 한문이 필요하다면 토를 달아 설명해도 되니, 우리글을 두고 굳이 중국의 문자를 사용할 이유는 없다고 생각했어요."

"전하의 뜻에는 저도 동의합니다."

"이렇게 바꾸면 후에 혼란으로 인한 사회적 비용을 치러야겠지만, 그 이후에 많은 사람들을 쉽게 교육하고 누구든 교육의 기회를 줄 수 있으니, 그 모든 사회적 비용을 생각하면 충분히 감당 가능한 것이라고 생각했어요. 물론, 이것은 독립 이후 사회적 합의가 다시 한 번 필요한 부분이에요. 내가 혼자 독단적으로 결정한다고 되는 것은 아니니 내 뜻이 그러하다는 것만 알고 계세요."

나 혼자서 결정할 부분은 아니었고, 이렇게 조금씩 내 편을 만들어 가야 하는 것이다.

지금의 지식인, 특히 과거의 지식인층인 유림儒林의 반발은 어느 정도 예상하고 있었고, 세종대왕께서 한글을 처음 만들었을 때 생겼던 반발과 비슷한 반발이 생길 것을 예상하고 있었다.

"알겠습니다."

　내게 대답하고 글을 다 읽어 본 김구 주석은 협정서에 집중했다.

　이전에 보여 줬던 자료들은 제국익문사에서 작성한 자료로 협정서 원문이 아니었고, 몇 가지 제외했던 부분도 있었다.

"국가 대 국가의 협정으로 보입니다, 전하."

　김구의 말이 아무런 감정 없이 무미건조하게 들렸다.

"그들은 우리 황실을 한반도 유일의 정부로 보고 있었어요. 특히 소련을 설득하기 위해서는 꼭 필요하다는 단서를 달아 어쩔 수 없었어요."

　김구 주석이 내게 책망하는 것은 아니었지만, 도둑이 제 발 저리다고, 괜히 찔려 변명했다.

"아닙니다. 이렇게라도 전하가 인정받으시면 전하와 함께 하는 임시정부에도 큰 힘이 됩니다. 임시정부가 했으면 불가능했을 일이고 전하께서 나서 성사된 것인데, 임시정부로서 불평불만을 할 생각은 없습니다."

　이 작전은 미래의 기억과 함께 만들어진 것이었다.

미래의 임시정부가 계획하고 나와 똑같이 OSS와 하려 했지만 일본이 너무 빠르게 항복해 실행하지 못했던 것을 모티브로 생각한 작전이었다.

기존 역사의 국내 진공 작전과는 전혀 다른 방식이지만, 대한인이 중심이 된 작전으로 일본을 꺾는다는 목표는 똑같았다.

"이해해 줘서 고마워요. 다 읽어 보셨나요?"

그래도 탈환 작전을 성공하면 임시정부의 연합국 지위를 위해 노력한다는 조건부 조항이 있어서 우리가 할 수 있는 일은 다 했다고 생각했다.

"그렇습니다, 전하."

김구 주석 역시 협정서에 동의하는지 다른 말은 하지 않았다.

"그럼 이제부터 우리의 목적이 되는 지역에 관한 정보도 알려 드릴게요. 이 부분은 기밀 사항이니, 작전 시작 전까지 어느 누구에게도 발설하면 안 됩니다."

협정에 관한 것도 비밀이 지켜져야 했지만, 내가 한성규 경위대장을 내보낸 이유는 이 서류에 있었다.

이것은 밀정일 가능성이나 밀정에게 알려질 가능성이 있는 사람에게 알려지면 안 되는 것이었다.

"알겠습니다."

김구 주석의 대답을 듣고 나서야 책상 위에 서류를 꺼내

놓았다.

"진짜! 이곳이 작전 지역입니까?"

내가 넘겨준 서류를 살펴본 김구 주석은 큰 소리로 놀라며 내게 되물었다.

그에게 우리의 작전을 보여 줄 때에는 다른 예상 지역 몇 군데를 기준으로 만들어진 서류였고, 지금 보여 주는 지역은 그 예상 지역 중에서 가장 가능성이 낮은 곳이었다.

"이 작전은 처음 계획이 수립될 때부터 이 지역을 목적으로 수립된 것입니다. 이곳을 쳐야지 일본에 가장 심한 충격이 생길 것이고, 그 충격으로 생긴 작은 틈을 비집고 우리의 뜻을 성사시켜야 해요."

김구 주석은 내 말에도 한참을 침묵을 지키면서 서류를 살펴봤다.

그가 서류를 잘 살펴볼 수 있게 나도 침묵을 지키며 기다리자, 김구 주석은 열 장이 넘는 서류를 다 살펴본 이후 그 서류를 내려놓고 하늘을 보면서 큰 숨을 내뱉었다.

"전하를 만날 때마다 느끼는 거지만, 전하께서는 사람이 맞으십니까?"

김구 주석은 한숨 이후에 나를 보고는 오묘한 표정을 지었다.

"그게 무슨 말인가요?"

"사람인지, 귀신인지, 아니면 우리 민족을 구원하기 위해 내려온 신입니까? 정상적인 사람의 사고라면 이런 계획은 불가능하겠지요. 서류를 보면서도 단 한 걸음만 삐끗해도 무너질 것이라는 게 보이는데, '만약 이대로 성공한다면!' 하는 불가능에 가까운 아주 작은 희망을 보게 하셨습니다. 분명 목표지역에 대한 말만 들었다면 불가능하다고 했겠지만, 그 모든 불가능에도 아주 작지만 성공의 길로 관통하는 작전을 만드셨습니다. 그래서 나는 전하가 더 무섭습니다. 이 계획대로 된다면 우리 민족에게 더없는 축복이겠지만, 만약 잘못된다면 이건 섶을 지고 불에 뛰어드는 꼴입니다."

　김구 주석이 보기에 내가 사람이 아니게 보일 수도 있다. 그리고 실제 내가 평범한 사람이 아닌 것은 맞았지만, 사람은 맞았다.

　그런 그에게 나는 웃으며 대답했다.

　"이전에 장제스 주석과 있을 때에도 말했지만, 나는 영웅적인 한 명이 만들었다는 전설을 믿지 않아요. 그리고 내가 그 영웅도 아니지요. 나는 많은 사람의 생각의 결과물인 집단 지성集團知性을 믿어요. 이 작전 역시 내가 첫 단추는 꿰었지만 그 이후 꿰어진 단추들은 내가 한 것이 아니라 많은 사람의 손에 의해서 꿰어진 것이에요. 이 작전은 이미 미국에서도 여러 차례 검토해 충분히 실현 가능하다는 결과를 도출한 것이에요. 나는 섶을 지고 불 속으로 뛰어드는 것이 아니라 일본이라는 거대한 탑을 받치고 있는 탑기단塔基壇에 작은 균열을 내려는 것이에요. 탑을 위에서부터 무너트려 나가려면 많은 충격이 필요하지만, 탑기단에 정확히 충격을 줄 수 있다면 아주 작은 충격에도 탑이 무너져 내릴 수 있죠."

나는 말을 하면서 탁자 위에 놓여 있던 찻잔을 뒤집은 상태로 쌓아 나갔다.

네 개쯤 쌓고 나서 위에서부터 천천히 하나씩 내려놓으며 말하고, 다시 탑을 쌓은 후 마지막 탑기단에 충격을 준다고 말할 때 가장 아래층의 찻잔을 살짝 밀어 찻잔 탑을 쓰러뜨렸다.

"아주 작은 충격이라……. 전하의 말씀대로 이 작전은 함구하도록 하겠습니다."

"아, 그리고 다른 사람에게는 함구해야 하지만 성재는 이미 알고 있으니 괜찮아요. 또한 중화민국의 장제스 주석에게도 이 내용을 알려 주세요. 물론 그가 비밀을 지켜 주도록 말씀도 해 주셔야 하고요. 미국에서도 곧 공식적으로 대대적인 반격에 대한 요청문이 날아올 것인데, 우리가 점령한 이후 교란작전을 시작하면 연합국이 있는 아시아 전역에서 대대적인 반격이 있을 거예요."

"쉽지 않을 것입니다."

"그들도 허리가 끊어진 상태로 전쟁을 수행하기 쉽지 않겠지요."

"잘못하면 이 작전에 투입된 모든 사람이 다 죽을 것입니다."

"이미 많은 독립지사들이 죽음을 무릅쓰고 했던 일이에
요. 우리라고 다르지 않아요."

"탈환전이 성공하면 일본이 장악한 지역에서 대한인에 대
한 대대적인 보복이 있을 수 있습니다. 예전 북로군정서군이
청산리와 봉오동에서 대승한 이후 간토대참변이 일어났습니
다. 이번 일로 그런 일이 일어날 수도 있습니다, 전하."

김구 주석은 평소에는 나를 칭할 때만 '전하'라고 했는
데, 이번 말을 하며 마지막에 전하를 붙여 자신의 말을 강
조했다.

"……희생이 있을 수 있다는 것은 나도 생각했었죠. 이런
말이 어울릴지 모르지만, '구더기 무서워 장 못 담그랴'는 말
처럼 이번 일로 희생될지도 모르는 그들에게 이런 비교를 해
서 정말 면목 없지만 해야 할 일이에요. 그 일이 희생을 부르
더라도 더 큰 희생을 막기 위해 해야 하는 일이에요."

분명 그가 걱정하는 일은 나도 많이 생각했다. 하지만 이
게 옳은 일이고, 이걸 하지 않으면 전쟁 말기에 훨씬 많은 희
생이 생기고 미래 역시 참담할 것이다.

내 손으로 다른 사람의 운명을 바꾸는 일이었지만 해야만
하는 일이었다.

"그 업보는 모두 제가 지고 가야 할 것이라고 생각하고 있
어요. 모든 일이 끝나고 희생자들의 가족에게 직접 용서를

구하고, 후에 내가 저곳으로 가면 그들에게도 직접 용서를 구할 것이에요."

말하면서 하늘을 손으로 가리켰다.

"······저도 함께 짊어지고 가겠습니다."

"얼마 뒤면 나도 이곳을 떠날 것이에요. 그때에는 성재가 내 뜻을 이어 가는 사람이니 그를 박대하지 말고, 그와 함께 앞으로의 일을 논의해 주세요."

대화를 마치고 서류를 챙겨 자리에서 일어났다.

김구 주석을 믿지 못했다기보다는 서류가 어디론가 새어 나갈 가능성을 모두 차단하는 예방 차원에서였다.

밖으로 나오니 우리가 있었던 방 입구에 양쪽으로 왼쪽은 나와 함께 온 세 사람이, 오른쪽에는 경위대장을 비롯한 김구 주석을 수행하고 온 사람 네 명이 있었다.

그중에 아는 얼굴은 김구 주석의 비서실 사람 한 명과 한성규 경위대장뿐이었다.

"그럼."

한성규에게 말하자 그가 고개를 숙여 내게 인사했고, 다른 세 사람도 함께 인사했다.

객잔을 나와 차를 타고 제국익문사로 돌아갈 때에 최지헌이 내게 말했다.

"전하, 한성규 경위대장에게 들었는데 임시정부도 폭격을 맞았습니다, 전하."

"일전의 보고서에는 임시정부는 맞지 않았다고 하지 않았나?"

미국을 다녀오고 심재원에게 받은 보고서에는 임시정부가 폭격을 맞았다는 말은 없었는데 이상해 되물었다.

"죄송합니다. 제가 말실수를 했습니다. 임시정부 건물이 아닌 임시정부의 경위대 대원이 외부에서 거주하는 숙소 건물이 피폭되었습니다. 그 와중에 일부 경위대원이 사망하거나 크게 다쳤다고 합니다. 경위대는 김구 주석을 추종하는 사람들이 모여 있는 곳이라 이번 일로 경위대의 인원을 새로 채워야 하는데, 그 문제로 이영길 의원 쪽에서 너무 한곳으로 치우친 경위대원에 대해 문제를 제기하고 자신 쪽 사람을 경위대원으로 만들기 위해 작업하고 있다고 합니다, 전하."

최지헌의 말에 김구 주석이 방으로 들어와 처음 왜 폭격에 대해 말했는지 알 수 있었다.

김구 주석은 이번 폭격으로 많은 피해를 입은 것이다.

"……이영길 의원이 아직도 의원직을 유지하고 있나?"

"임시정부 법무부에서 재판이 진행 중이기는 하나 의원직을 박탈당할 정도의 처벌이 내려지지는 않을 것 같습니다, 전하."

이영길이라…….

임시정부 내에서 몇 안 되는 소장파이자 자신의 정치적 이익을 위해서는 수단과 방법을 가리지 않는, 내가 싫어하는 부류의 사람이었다.

자신의 이익을 위해서라면 나라도 팔아먹을 것 같은 부류였다.

"일단 심 사무에게도 그것을 보고하고, 후속 조치를 생각하게. 그리고 우리의 기본자세는 김구 주석을 지지하는 것이니 그쪽으로 고민하게."

"알겠습니다, 전하."

이영길 의원이 하려 했던 일은 결국 김구 주석과 성재의 반대로 무산됐다.

대놓고 무시는 못 했으나, 경위대의 보충 인원은 지원자 중에서 선발하는 기존의 방식이 아닌 광복군에서 일부 차출하는 형태로, 김구 주석의 사람으로 주를 이루고 김구 주석의 정치적 라이벌로 분류되는 김원봉 부사령관의 사람 중 몇명을 차출하는 것으로 잡음이 나오지 않도록 해결했다.

이 아이디어는 내게서 나온 것인데, 이미 임시정부의 정치에서 모든 손을 떼고 군인으로서의 삶만 살고 있는 김원봉이기에 김구 주석도 동의했다.

"이영길 의원은 어떻게 반응하고 있나요?"

경위대에 대한 보고서를 읽어 보다가 이영길의 이름을 보고 생각나서 심재원에게 물었다.

"경위대를 김구 주석의 친위대로 만든다는 비난으로 선발하는 인원의 다양화를 주장하다가 김원봉 부사령관의 사람이 선발되어 조금은 머쓱해진 상황입니다. 특히 김구 주석이 의정원에 직접 가서 갑작스럽게 많은 인원이 결원이 되어 교육시킬 시간이 없다는 핑계로 광복군 차출의 명분을 가져가, 이영길 의원이 강하게 반대를 주장할 수가 없었습니다, 전하."

"그 부분은 다행이네요. 판결은 의원직 유지로 나올 것 같다고 하던데 사실인가요?"

"법원의 재판 자료를 입수해 법리 검토를 해 봤는데, 다른 의원 두 명은 직접 돈을 건넨 증거가 있어 의원직 박탈과 처벌이 가능하지만, 이영길 의원은 그 둘에게 지시했다는 증거가 없어 의원직 박탈은 힘들 것으로 사료됩니다, 전하."

"증거가 아예 없는가요?"

"실제 일은 다른 두 의원이 했기에, 그들에게 지시한 증거가 있어야 하는데 마땅한 증거가 없습니다, 전하."

"제국익문사가 수집한 자료에도 없나요?"

평소 엄청난 양의 정보를 수집하는 제국익문사였기에 혹시나 하고 물었다.

"송구하지만, 그렇습니다, 전하."

심재원이 딱히 잘못한 일은 아니었고 이영길이 그런 일을 했다는 첩보를 확인한 것만 해도 대단한 일이었는데도 심재원은 죄스러운 표정으로 내게 답했다.

"아니에요. 심 사무가 잘못한 것은 아니에요. 그럼 합법적인 범위 내에서는 처벌이 힘들다는 거네요?

"그렇습니다. 아니면 우리 사에서 직접 처리는 가능할 것입니다. 많은 요원들이 외부 지역 작전을 하기 위해 나가기는 했지만, 기존의 요원과 이번에 새롭게 훈련을 마치고 배치된 2기생들이면 가능합니다. 다음 달 의정원의 의원 중 일부가 광복군이 투입된 전선을 시찰할 예정입니다. 그때 중경을 벗어나면 흔적도 없이 처리가 가능할……."

"잠시만요."

처음에 심재원이 무슨 말을 하는지 가만히 듣고 있다가 그의 말을 멈췄다.

"경청하겠습니다, 전하."

"그가 범죄자이긴 하지만 우리가 처단해야 하는 민족 반역자로 보기에는 무리가 있어요. 처단은 최후에 결정해야 하는 일입니다. 일단은 임시정부 사법부의 결정을 기다리세요."

죽음으로 처단하는 민족반역자에 대해서는 몇 가지 기준이 있었는데, 이영길은 그 기준 중에 완벽히 충족하는 부분은 없었다.

아직 그가 일본의 밀정이라는 증거도 없었다. 처단은 최후에 최후의 수단이었다.

"알겠습니다, 전하."

탈환 작전 준비는 차근차근 진행되어 갔다.

제국익문사 요원 중 미리 이동한 1백여 명의 요원 외에 추가로 1백 명의 인원이 더 작전 지역으로 이동을 완료했고, 미국을 경유해 침투하는 인원들도 하와이로 이동을 시작했다.

중경에서 하와이까지 대단위 인원이 이동할 수 있는 방법이 많지 않았다. 그래서 하와이와 중경을 오가는 비행기에 한 번 비행에 대여섯 명 인원씩 나눠 이송했다.

애초에는 한 번에 이동할 생각을 하고 있어 9월에 출발할 예정이었는데, 미국과 대화하며 그 작전은 불가능하다는 답변을 받았다.

그래서 계획을 변경해 8월부터 조금씩 나눠 이송을 시작했다.

"요원들의 이동은 순조롭게 진행되고 있습니다, 전하."

"다행이군. 무기는 어느 정도 이송했나?"

막상 작전이 수립되고 본격적인 작전 준비에 들어가니 내가 할 일이 없었다.

물론 마지막에 나도 작전에 참가해야 하지만, 그건 작전이 시작되기 직전이었다.

이미 모든 토의가 끝나 진행되고, 중국 안에서 활동하면서 엄청난 양의 보고서를 보내오던 요원 대부분이 작전 지역으로 이동하니 올라오는 보고서의 양도 확연히 줄어 확인할 보고서도 거의 없었다.

가끔 인도, 미국, 영국, 소련, 경성과 주고받는 보고서가 거의 전부였다.

정보에 구멍이 생기는 것은 어쩔 수 없었지만, 중요한 지역 몇 군데에서는 아직도 활동하는 요원이 많이 남아 있었다.

"일단 갑 지역은 예전부터 만들어 놓은 폭약이 많이 있습니다. 그리고 개인 화기도 여운형 상인연합회 회장이 상인연합회의 유통망을 통해서 순조롭게 모으고 있습니다. 을 지역역시 미국과 소련의 도움을 받아 순조롭게 보급을 받고 있습니다, 전하."

성재와 이번 작전에 대해 협의하기 위해 자리를 비운 심재원을 대신해 최지헌이 내 질문에 대답했다.

미국과의 협정서에는 미국의 편의를 봐서 탈환 지역을 A, B로 표현했지만, 제국익문사 안에서는 갑, 을 지역으로 분류해서 부르고 있었다.

"얼마나 남았다고 하던가?"

"갑 지역은 인원 이동은 마무리 단계에 들어갔고, 무기 이동은 8할 정도 마무리되었고, 을 지역은 소련의 도움으로 무기 이동을 마쳤으며, 인원 이동은 근처에 있는 광무대를 제외하고는 아직 미국에서 머물고 있습니다. 하와이로 이동하는 인원은 5할 정도 이동하였습니다. 산타 카탈리나의 인원들은 한 번에 함선을 통해 이동할 예정입니다, 전하."

"미국에서 후속 조치에 대한 것이 들어온 게 있는가?"

"미국도 함대가 진주만으로 모이기 시작했고, 소련은 비밀리에 해당 지역으로 군대가 이동하고 있어 정확한 숫자에 대한 것은 확인하지 못했으나, 미국에게 거의 이동이 완료되었다는 통보를 했다고 들었습니다, 전하."

"심재원 사무가 돌아오면 다시 한 번 확인하라고 말하게. 나는 오늘 조금 일찍 들어가서 쉬겠네."

"아직도 몸이 안 좋으십니까, 전하?"

하루 전부터 머리가 조금 어지럽고 근육에 통증이 조금씩 있었다.

최근 여러 일을 한 번에 처리하느라 무리해서 몸살이 생긴 것 같았다.

"오늘 쉬면 괜찮을 거니 신경 쓰지 말게. 이상결 상임에게 내가 먼저 들어감을 알리고 데려오게."

"알겠습니다, 전하."

보통이라면 성재는 내가 만나지만 오늘은 아침부터 건강이 그리 좋지 않아 심재원이 대신 만나러 갔고, 사무실에 누군가 결정할 사람이 있어야 되어 남은 요원 중 최선임자인 이상결을 불렀다.

이상결이 사무실에 도착한 것을 확인하고 나서 숙소로 돌아왔다.

"전하, 괜찮으십니까? 의사에게 진찰을 한번 받아 보시는 것이 어떻사옵니까?"

숙소로 돌아올 때부터 조금 안 좋아진 몸은 이제는 어지러움으로 심한 두통이 생기기고 있었다.

그런 내가 상태가 많이 안 좋다고 생각한 것인지 내 머리에 물수건을 대던 시월이가 조심스럽게 물어 왔다.

"최근에 조금 무리해서 그런 것일 테니, 조금 쉬면 괜찮을 것이다."

"하오나 전하, 이렇게 빠르게 열이 나시는 것은 그냥 몸살이 아닐지도 모릅니다, 전하."

"괜찮으니 나가 보거라."

두통과 열이 조금 나는 것 말고는 특별한 증세가 없어 몸살이라고 확신하고, 시월이를 내보내고 침대에 누워 휴식을 취했다.

하루 정도 쉬고 나자 열이 조금씩 내려가고, 괜찮아지는 느낌이 들었다.

휴식을 취하는 것 외에 할 수 있는 일은 없었다.

이런 중요한 시기에 건강을 챙기지 못한 내 자신을 원망하며 몸을 회복하기 위해 노력했다.

몸의 열이 조금 내려가고 어느 정도 몸이 괜찮아진 것 같아 사무소로 출근하기 위해 일어나 옷을 챙겨 입는데, 심한 구토기를 느꼈다.

어제오늘 먹은 것이라고는 죽밖에 없었는데도 그랬다.

방 안에 화장실이 없는 구조라 급히 주위를 둘러보다 방 안에 있는 쓰레기통에 급히 구토를 했다.

위장 안에 있는 게 없어서인지 신물만 입으로 올라왔다.

"구웩. 쿨럭, 쿨럭."

헛구역질과 함께 기침이 나왔다.

그러자 벌컥 하면서 문이 열리는 소리가 들리고 발소리가 들렸다.

분명 몸이 괜찮아지는 느낌이 들었는데, 기침과 헛구역질이 나오는 게 이상했다.

다리에 힘이 풀려 자리에 주저앉자 옆에서 두 사람이 나를 부축했다.

무명과 시월이의 부축을 받으며 다시 침대 위에 앉았다.

문을 열고 들어온 세 사람은 걱정스러운 얼굴로 나를 보고 있었다.

"전하, 괜찮으십니까?"

"조금 괜찮아지는 것 같더니 갑자기 토기가 느껴져서……. 추한 모습을 보였네."

"아닙니다. 하루 더 쉬시는 것이 좋을 것 같습니다, 전하."

시월이가 걱정스러운 표정으로 내게 권했다.

"잠시 있으면 괜찮아질 거야. 어제 하루 종일 누워 있다가 갑자기 일어나서 그런 것일 거야."

"……전하, 죄송하지만 잠시 진맥을 해도 되겠습니까?"

시월이와 대화하는 내내 심각한 표정으로 나를 살피던 최지헌이 내게 다가와 말했다.

"아, 그러고 보니 자네는 법의학자였지?"

최지헌은 법의학을 전공했는데, 일반적인 의학과는 결이 다르지만 어쨌든 대한인에 대한 차별이 있는 일본에서 동경제국대학을 졸업한 의사였다.

"잠시 진맥하겠습니다, 전하."

"그리하게."

내 팔을 잡고 진맥한 이후 잠시 방을 나가더니 청진기와 몇 가지 기구를 가지고 방으로 돌아왔다.

"잠시 옷의 단추를 풀어 주시겠습니까, 전하."

최지헌의 지시에 침대 가장자리에 앉아 그의 지대로 앞섶의 단추를 풀고, 안쪽의 민소매 옷을 들어 올려 맨살을 드러냈다.

"숨을 깊이 들이셨다가 내뱉어 주십시오, 전하."

최지헌이 지시하는 대로 숨을 깊이 들이쉬고 내뱉기를 반복하다 등을 돌려서도 청진기를 대 보고, 그의 지시에 따라 입을 벌려 입안까지 확인했다.

한참의 진찰 이후에 최지헌이 아주 조심스럽게 말했다.

"조금 더 정확한 검사가 필요할 것 같습니다. 목이 붓지 않은 상태에서 폐 소리도 조금 이상하고, 빈맥까지 있으셔서 일반적인 감기나 몸살 같지는 않습니다, 전하."

"위험한 것인가?"

최지헌이 너무 조심스럽게 말해서 심각한 것인지 확인하기 위해 물었다.

"정확하게는 알지 못합니다. 검사가 더 필요합니다. 일단 근처의 중경병원으로 가셔서 혈액검사를 하셔야 합니다, 전하."

최지헌의 말에 아무런 말 없이 그를 바라보며 생각했다.

원역사라면 나는 아직 죽을 날이 많이 남아 있었다. 그것도 병으로 죽는 게 아니었다.

하지만 역사는 바뀌었고, 지금 내가 혹시라도 죽을병에 걸린 것이라면 위험했다.

내가 하는 독립운동의 모든 구심점을 나로 집중시켜 놓은 상태라 내가 없어지면, 아니 혹시라도 임시정부나 조선독립동맹, 한반도 내의 지하동맹에 내 건강이 안 좋다는 소문이 흘러들어 가면 이때까지 모든 노력이 허사로 돌아갈 것이 불보듯 보였다.

"병원은 가지 않겠네. 자네도 의사니 채혈이 가능하겠지?"

"채혈은 가능합니다. 하오나 전하, 전하의 건강은 정말 중요한 문제입니다. 하루빨리 병원으로 가셔야 합니다, 전하."

병원으로 가서 빠르게 나을 수 있다면 괜찮겠지만, 내 건강에 심각한 위험이 있다는 것을 알리게 되면 오히려 나 혼자 아프다 죽어 가는 것보다 더 위험했다.

"병원은 안 되네. 자네가 채혈해 제국익문사의 사람을 통해 은밀히 검사해 보게. 죽을병이 아니라면 상관없지만, 병원으로 갔다가 죽을병이라는 진단을 받으면, 지금까지의 모든 일이 허사로 돌아가네. 다들 이 일은 함구하고, 자네는 채혈하고 무명 사기는 가서 심 사무를 은밀히 데려오세요."

무명은 내 말에 바로 방을 벗어났고, 한참을 망설이던 최지헌은 결국 자신의 가방에서 포장되어 있는 주사기 하나를 꺼내 채혈을 했다.

"중경의학대학에 잘 아는 중국인 교수님이 있습니다. 그곳에서 비밀리에 검사하도록 하겠습니다, 전하."

최지헌은 채혈한 내 피를 조심스럽게 간수해 가방으로 넣으며 내게 말했다.

"조심히 다녀오게."

최지헌이 나가고 나서 시월이만 내 방에 남아 내가 누울 수 있도록 돕고는 내가 토한 흔적을 치웠다.

최지헌이 숙소를 떠나면서 숙소에 남아 있던 요원 중 두 명에게 내 경호를 하게끔 말해 시월이는 내 방 안에 있었고,

두 명의 요원이 내 방 앞을 지켰다.

최지헌이 병원으로 떠나고 얼마 지나지 않아 심재원이 내 방으로 왔다.

차분하게 들어왔지만, 그의 표정은 이미 많이 상기된 상태였다.

"괜찮으십니까, 전하?"

"다른 사람들이 너무 민감하게 반응한 것이에요. 제가 느끼기에는 아주 위험한 병은 아니니 너무 걱정하지 마세요."

최대한 담담하게 심재원에게 말하려고 노력했지만, 말을 하면서 마른기침이 계속 나오는 것은 어쩔 수 없었다.

근육에서 통증도 오며 갑자기 오한이 드는 게 심상치 않음을 알려 왔지만, 최대한 괜찮은 척했다.

"일단 내가 아프다는 말이 밖으로 새어 나가지 않도록 노력하세요. 알려지면 안 됩니다."

"전하의 건강에 관련된 것은 제국익문사에서도 특급 비밀로 분류되니 걱정하지 않으셔도 됩니다, 전하."

"그냥 말만 전하면 너무 걱정할 것 같아 부를 것에요. 큰일이 아니니 나에게 너무 신경 써서 안 그래도 지금 부족한 요원을 투입하지 마세요. 그냥 심 사무께서는 돌아가서 평소처럼 근무해 주세요."

"알겠습니다, 전하."

대답하는 심재원이 표정이 풀어질 생각을 하지 않았다.

심재원이 이때까지 보였던 모습으로는 그는 분명 나를 걱정해 자신이 할 수 있는 일은 모두 할 것이었다.

　그래서 최소한 그에게 얼굴을 보이고 죽을병이 아니라는 것을 알리고 요원들이 평소처럼 활동하도록 해야 했다.

　이미 작전 지역과 미국, 인도로 많은 수의 인원이 빠져나가 중국 안에서 정보를 수집하는 인원이 줄어들었는데, 또 내 병을 확인하고 치료한다고 요원을 뺄 여력이 지금 제국익문사에는 없었다.

9장

　심재원을 돌려보낸 뒤, 또다시 구토 증상과 설사가 계속되었다.

　아무래도 몸속에서 무언가 탈이 난 것 같은데, 심각한 병이 이렇게 빠르게 진행된다는 말은 들어 본 기억이 없어 큰병이 아닐 거라고 나 자신을 다독였다.

　에볼라 같은 것이 있다고 들었지만, 그 증세가 정확히 어떻게 오는지 몰랐기에 최대한 마음을 편히 먹으려고 노력했다.

　구토에 설사, 오한까지 동반해서 와 화장실을 계속 들락거리려야 했는데, 내 방인 3층에서 화장실이 있는 1층을 오르내리기가 힘들어 결국 숙소 근처의 호텔로 방을 옮겼다.

호텔로 옮겨 얼마 안 되었을 때, 최지헌이 굳은 얼굴로 내 호텔 방으로 들어왔다.

"결과는 나왔나요?"

"일단 1차 결과는 학질瘧疾이라고 나왔습니다. 한 번 더 확인하겠지만 혈액검사 결과와 증상이 거의 확실하다고 했습니다. 일단 교수에게 부탁해 탕약을 구했습니다. 완전히 치료하려면 서양에서 나온 약이 있어야 하는데, 아직 중국에서는 생산하지 못하는 약이라 구할 수 있을지 확신할 수가 없습니다, 전하."

학질이라는 질병이 정확히 무엇을 말하는지 알 수 없었다.

"학질이 영어로는 어떻게 되는지 아는가?"

"말라리아malaria입니다. 교수가 퀴닌quinine이라는 서양의 약이 있는데, 이 약이 학질을 쉽게 치료할 수 있다는 이야기를 했습니다, 전하."

최지헌의 말을 듣고 내가 걸린 것이 무엇인지 확실히 알 수 있었다.

말라리아는 현대에도 있는 병이었고, 치료 백신을 맞으면 금방 치료되는 병으로 기억하고 있었다.

"치료제라…… 서양의 약이 잘 듣는다는 것인가?"

"그렇습니다. 탕약은 병의 증상을 약화시키는 정도이고, 완벽히 치료하기 위해서는 퀴닌이라는 백신이 필요하다고 들어 중경대학병원을 통해 구하려고 했습니다. 그런데 일단 백신을 수배해 보겠지만, 중화민국에서도 그 치료제는 귀해 구하기 쉽지 않다고 걱정했습니다, 전하."

말라리아가 현대에서는 그리 치사율이 높은 병은 아니었지만, 이 시대에서는 모르는 일이었다.

내가 백신을 맞지 않았을 때 내 안전을 확신하기가 너무 힘들어 최지헌의 말에 한참 생각에 빠질 수밖에 없었다.

"말라리아인 것은 확실한가?"

"지금까지 확인한 것은 그렇습니다. 지금 정밀 검사를 하고 있으니, 내일쯤이면 확실한 병명을 알 수 있을 것입니다, 전하."

"내일이라……. 고생했네. 여러 방법을 고민해 보도록 하지."

최지헌이 이렇게 고민하는 것은 지금의 제국익문사로는 백신을 구하기가 불가능하다는 말이었다.

해외여행을 가면서 말라리아 위험지역으로 여행을 갔다가 말라리아에 걸려 치료를 받았다는 말을 들어 본 적이 있었지만, 이 병이 정확히 어느 정도의 치사율과 합병증, 후유증을 가져오는지는 알지 못했다.

그렇다고 최지헌에게 물어볼 수도 없었다. 혹시라도 안 좋은 말을 듣게 되면 내가 동요할지도 몰랐다.

다음 날 식전부터 시월이가 가지고 온 쓴 탕약을 억지로 들이켜고 있을 때, 아침 일찍부터 중경대학에 다녀온 최지헌이 어제보다 더 심각한 표정으로 병실로 들어왔다.

"더 심각한 것인가?"

"아닙니다. 어제 이야기했던 학질임이 확진되었습니다. 정확히는 'Plasmodium vivax(3일열 원충)'이라는 학질입니다. 3일에 한 번씩 발열, 오한, 구토 증상이 몰려오고 이틀 동안 잠시 호전되었다가 반복되는 형태의 병입니다, 전하."

"어제 탕약을 먹고 나서 병세가 조금씩 호전되고, 오늘은 기침과 오한이 확실히 약해져서 병세가 나아지고 있는 줄 알았더니 아닌가 보군."

"병이 진행되고 있는 과정입니다. 일단 전하의 건강에 대한 부분이라 중경대학에도 공식적으로 요청하지 못하고 있습니다. 소인이 생각하기에는 심재원 사무와 상의해 공식적인 통로로 중화민국에 치료제를 요청하시는 것이 가장 좋아 보입니다, 전하."

내 병세를 중화민국에 알리게 되면, 임시정부에도 말이 들어갈 것이다.

그보다 혹시라도 중화민국 내에서 중요한 사람이 말라리아에 걸렸다는 게 일본 밀정에 알려지고, 그 밀정이 중요한 인물에 대해 파악하기 위해 정탐하다 내 정체가 탄로 날 것이 가장 걱정되는 일이었다.

중화민국 내에서도 내 생존 사실을 알고 있는 사람은 장제스 주석이 유일했다.

물론 장제스 주석이 자기 주위의 심복에게 말했을 가능성까지 고려하더라도 열 명이 안 될 것이었다.

"중화민국은 안 되네. 큰일을 앞두고 너무 위험해. 그 약이 서양에서 만들어지고 있다고?"

"그렇습니다, 전하……. 아!"

서양이라는 말에 내가 무엇을 말하고 있는지 알아차린 최지헌이 감탄사를 내뱉었다.

"중경의 OSS 연락관에게 유리 제프리를 보자고 하게. 만약 그가 미국에 있다면 지금 중경의 최고위 요원을 내가 만났으면 좋겠다고 연락하게."

"빠르게 연락하겠습니다, 전하."

최지헌은 내 말에서 해답을 찾았다는 듯 들어올 때와는 정반대로 밝아진 얼굴로 방을 벗어났다.

그가 나가고 시월이가 아침을 가지고 들어왔다.

최지헌이 가지고 온 탕약은 식전에 먹는 탕약과 식후에 먹는 탕약으로 나뉘어 하루에 여섯 번을 먹어야 해 고역에 가까웠다.

"해결책이 곧 생길 것 같으니 너무 걱정하지 마라."

"알겠습니다, 전하."

내 아침을 가지고 들어온 시월이에게 웃으며 말했다.

평소에는 거의 무표정한 얼굴로 지내는 시월이었지만, 내가 와병하고 나서는 그 얼굴이 더욱 굳어 있어 시월이의 얼굴을 풀어 주기 위해 웃으며 말했다.

좋은 소식이어서인지 시월이의 표정도 조금은 풀어졌다.

전날까지 오한과 구토, 설사로 죽을 것같이 아프던 것이 진정기로 들어가서인지 오한도 없어지고, 구토도 더는 나오지 않았다.

설사는 계속하기는 했어도 전날처럼 아무것도 나오지 않는데, 계속 배가 아파 화장실을 가는 상황은 생기지 않았다.

"전하, 손님이 찾아오셨습니다, 전하."

저녁 늦은 시간 전날에 한숨도 잠들지 못했던 것과 다르게 몸이 덜 아파서 겨우 선잠이 들었는데, 시월이가 조심스럽게 부르는 소리에 잠에서 깼다.

"크흠, 뭐라고 했느냐?"

"깨워서 죄송합니다. 최지헌 통신원이 OSS의 유리 제프리를 데리고 와 전하의 병세에 대한 대화를 하고 싶다고 하셨습니다, 전하."

시월이는 송구하다는 듯 아주 조심스럽게 말했다.

유리 제프리는 중경에 없을 거라고 예상하였는데, 내 예상과 다르게 중경에서 지내고 있어서 데리고 온 것 같았다.

"괜찮네. 잠시 뒤에 들여보내게."

시월이에게 말하고 시월이가 나가고 나서 아무리 아픈 와중이지만 잠옷 차림으로 손님을 맞을 수는 없어 잠옷을 벗고 옷을 갈아입었다.

옷을 갈아입고 조금 지나자 문을 두드리는 소리가 나고 최지헌과 유리 제프리가 들어왔다.

"어서 오시게."

"안녕하셨습니까, 전하."

"보다시피 그다지 좋지는 못했네."

안녕했다고 대답할 수 없는 상황이라 쓴웃음을 지으며 대답했다.

"건강이 많이 상하셨다고 들었습니다."

"말라리아는 무서운 질병이더군. 나도 갑작스러운 상황이라 조금 당황스럽네."

"제3세계에서는 말라리아에 대한 제대로 된 치료제가 없어 병을 치료하는 데 힘이 든다고 들었습니다. 그래도 늦지 않게 우리에게 연락해 주셔서 다행입니다. 더 치료가 늦어졌으면 심한 합병증으로 아주 위험한 일이 벌어졌을지도 모릅니다. 일단 백신부터 맞으십시오, 전하."

유리 제프리는 내게 말하고 나서 최지헌에게 작은 앰플을 넘겨주었고, 그가 바로 주사기에 약을 옮기고 내게 다가

왔다.

"치료제를 이렇게 빨리 구했는가?"

최지헌에게 한 팔을 내어 주고 나서, 그가 주사를 놓는 동안 유리 제프리에게 물었다.

"말라리아는 우리 요원들에게도 위험한 병이고, 동아시아와 동남아시아에서는 흔히 생기는 병이라 각 지역 본부에 백신을 보유하고 있습니다."

"내게는 정말 좋은 소식이군. 그런데 미국에 있지 않고 중경에 있었나?"

"전하와 협정을 마무리하고 나서 본격적인 연합국의 반격 시나리오를 장제스 주석에게 설명하고 동의를 구하기 위해서 중경에 잠시 있었습니다. 원래 오늘 돌아가는 일정이었는데, 오전에 최지헌 통신원에게 연락을 받고 일정을 미루고 이곳으로 오게 되었습니다."

우연히 중경에 머무르고 있었고, 또 우연히 OSS가 말라리아 치료제를 보관하고 있었다는 게 신기하게 느껴졌다.

"우연이지만 내게는 신의 가호와 같은 느낌이네."

"우연이 아닌 필연입니다. 신이 도우셨기에 별다른 후유증 없이 치료하실 수 있었던 것입니다. 병에 관련해서는 우리 미합중국에 뛰어난 의사와 백신이 많이 있으니, 앞으로도 이런 일이 벌어진다면 언제든 OSS가 도움을 드릴 것입니다. 우리 미합중국은 대한제국 황실과 영원한 우방으로 남고 싶습니다, 전하."

유리 제프리가 직접 내게 온 것도, 또 내게 도움을 주는 것도 공짜는 아니었다.

OSS에게 도움을 받은 만큼 분명 후에 무언가를 넘겨줘야 했다.

그게 물질적인 것이든 정치적인 것이든 아니면 독립된 국가의 이권이든, 어떤 것을 요구할지 모르나 이런 식으로 계속 도움을 받게 되면 빚으로 남아 있는 것이다.

내가 선택지가 없어 어쩔 수 없었으나 우리나라가 백신조차 가지지 못한 지금의 상황을 내 몸으로 느끼며 약을 맞으면서도 입안이 씁쓸했다.

나는 그래도 황족이고 미국이 내게서 필요한 것이 있는 상황이라 내게 비상용 백신까지 내어 주며 치료했다.

하지만 대다수 대한인들은 말라리아에 걸리면 이유도 모르고 아프다 죽어 갈 것이 눈에 선해 씁쓸함을 한층 더 했다.

"나 역시 미합중국을 나의 우방으로 생각하고 있네."

짧은 답변으로 그에 대한 고마움을 대신했다.

"백신을 맞으셨으니, 며칠 정도 휴식을 취하시면 몸이 원상태로 돌아올 것입니다. 하루 이틀 정도 몸에서 열이 많이 날 수도 있는데, 그것은 백신을 맞고 나면 생기는 자연스러운 현상이니 너무 걱정하지 않으셔도 됩니다, 전하."

"고맙네."

⁕⁕⁕

유리 제프리의 말대로 괜찮아졌던 몸이 다음 날 아침부터 다시 열이 오르기 시작했다.

처음 아팠을 때만큼 심하게 열이 나지는 않았지만, 머리가 약간 어지러울 정도로 열이 올라왔다.

그리고 하루가 더 지나자 심하던 근육통도 씻은 듯 사라지고 종일 나오던 설사도 잦아들기 시작했다.

그리고 하루가 더 지나자 정상적인 몸 상태로 돌아왔다.

일주일이라는 시간이 내 의지와 상관없이 흘러 버렸다.

투병하면서 상태가 괜찮을 때에는 보고도 받고 했지만, 몇 번이었다.

거의 일주일 동안 일에서 손을 뗀 상태였다. 심재원 사무가 제대로 할 것이라는 믿음은 있었지만, 직접 챙기지 못하니 신경이 쓰이는 것은 어쩔 수 없었다.

"전하, 옷을 다시 맞추셔야 할 것 같습니다."

이제 몸도 괜찮아져 호텔에서 마지막 밤을 자고 사무소로 출근할 준비하는데, 시월이가 내 재킷을 입혀 주며 말했다.

"밥을 잘 먹고 시간이 지나면 금방 다시 원래 체중으로 돌아갈 것이니 너무 걱정 말아라."

시월이의 말대로 호텔방 옷장에 달린 거울로 보이는 내 모습은 초췌하기 그지없었다.

정기적으로 운동해 오며 체력 관리를 열심히 한다고 했지만, 바쁘면 운동을 건너뛰는 경우도 많았다.

특히 이번 말라리아에 걸리고 나서 오한과 근육통으로 선잠을 잤고, 음식은 거의 먹지 못했고, 먹어도 전부 설사로 나오니 살이 빠질 수밖에 없었다.

눈과 볼이 퀭해져 원래의 잘생긴 얼굴은 보이지 않을 정도로 살이 빠져 있었다.

다행히 턱 끝까지 내려와 있던 다크서클은 어제 하루 깊이 잔 덕분에 많이 사라져 있었다.

"가자."

최지헌과 시월이의 도움을 받아 호텔에서 사용했던 모든 짐을 챙겨 나왔다.

병 때문에 잠시 호텔에서 지냈지만, 병세가 호전된 지금은 다시 숙소로 돌아갈 것이라 짐을 다 챙겨 시월이와 다른 통신원 한 명이 숙소로 옮기고, 난 오랜만에 사무소로 출근했다.

사무소에 도착하니 2층에서 근무하던 요원들이 초췌해진 내 모습을 보고 아주 잠깐 놀란 표정이 되었으나, 다시금 평소의 모습으로 돌아와 내게 인사했다.

그들을 지나 3층으로 올라가니 심재원이 평소와 같은 모습으로 나를 반겼다.

"내가 없는 사이에 심 사무가 고생했겠어요."

"아닙니다, 전하."

"내가 작전 전에 액땜을 했으니, 이번 작전이 문제없이 진행되었으면 좋겠군요."

심재원은 농담 섞인 내 말에 아주 밝은 표정으로 웃었다.

"전하의 심려로 작전은 무탈하게 준비되고 있습니다, 전하."

"그렇다면 다행이네요. 내가 조금 더 아파야지 제대로 액땜이 되는 것인가 생각했었는데……."

"존체가 상하시면 액땜 수준이 아니게 됩니다. 이미 지금이 천재일우千載一遇이니 너무 심려치 마십시오, 전하."

"그래요. 액땜도 했고, 천재일우가 될 수 있도록 우리 요원과 연합국 모두가 함께 노력하고 있으니 잘되겠지요. 심 사무도 너무 걱정 마세요."

"전하, 그리고 병중에 계실 때에 블라디보스토크에서 편지가 한 통 왔습니다, 전하."

심재원은 내게 말하면서 자신의 품속에서 밀봉된 편지 하나를 내게 건넸다.

"요원이 보낸 건가요?"

"이 위에 봉인되어 있던 편지는 블라디보스토크의 상임통신원의 문양이 찍혀 있었습니다. 2중 봉인이 되어 있었고,

죽산 조봉암 선생이 작성한 편지가 동봉되어 있다고 적혀 있었습니다, 전하."

심재원의 설명을 들으며 편지를 넘겨받아 열었다.

밀랍으로 봉인되어 있던 편지를 뜯어내자 암호문이 아닌 평문으로 쓰여 있는 편지가 나왔다.

전하의 노력이 결실을 맺었습니다.

소련에서도 전하를 협력 상대로 인정하고, 저를 대한제국을 대표하는 대표자로 인정한다는 공식 문서를 받았습니다.

공식 문서는 동봉했습니다.

긴 문장 중 처음 문장을 읽고 나서 그가 보낸 편지 중 다른 장을 살펴보자 소련어로 작성된 문서가 하나 나왔다.

테두리가 금박으로 장식되어 있고, 공산당 마크인 금색 낫과 망치 문양이 들어간 국장까지 찍혀 있는 문서였다.

그가 혹시 번역문을 넣어 놓았는지 봤으나 번역문은 없이 소련어로 작성된 문서 하나가 전부였다.

"지금 사무소에 소련 말이 가능한 사람이 있나요?"

"⋯⋯아리사어를 할 수 있는 요원은 지금 모두 블라디보스토크에 있습니다, 전하."

심재원은 내 질문에 잠시 고민하더니 대답했다.

"음⋯⋯. 이 문서를 번역해야 하는데, 큰일이군요."

"3일 뒤에 블라디보스토크의 요원이 다음 보고서를 가지고 중경에 도착할 것입니다. 그때 번역하시는 것이 어떠십니까, 전하."

죽산 조봉암의 편지에 따르면 어차피 이 문서는 죽산을 대한제국을 대리하는 자로 인정한다는 내용 외에 특별한 내용은 없는 듯했다.

"그럼 그렇게 하세요. 이건 심 사무가 잘 보관해 주세요. 소련의 공식 문서라고 하는군요."

"안전히 보관하겠습니다, 전하."

심재원에게 문서를 넘겨주고 계속해서 편지를 읽어 나갔다.

소련은 지금까지 레닌그라드 공방전과 동부 전선에 모든 전력을 쏟아붓는 중이었습니다.

그런데 미국과의 보급로가 끊어지고 나서 북극 항로를 통해 식량을 수급하고 있으나, 동토가 얼어붙기 시작하는 9월이 되면 감자조차 수확이 불가능해지고, 북극 항로가 얼어붙는 10월 이후 한 달이면 인민에게 보급되고 있는 식량은 물론 군대의 군량미도 동이 날 것으로 예상됩니다.

이런 시기라 미국으로부터 보급받는 식량의 주요 통행로인 태평양 항로의 안전을 확보하는 것이 평의회에서 주요 안건으로 논의되고 있었습니다.

운현궁의
주인

그러던 중 미국을 통해 일본에 대한 대대적인 반격이 준비되고 있다는 것을 접해 기뻐했습니다.

특히 미국의 외교관이 다녀갔다는 소문이 돌고 나서, 정치국원이자 스탈린 서기장의 심복 중 한 명인 안드레이 슈로치카 АНДРЕЙ Шурочка 정치국원이 저를 조용히 불렀습니다.

평의회에서 대한의 독립과 연합국 지위 인정을 주창했었기에 혹시 일이 잘못된 것인가 걱정했는데, 그가 미국에게 전해들어 대한제국의 독립을 위해 활동하고 있는 것과 이번 소련을 위해 태평양 항로 확보 작전에 참가한다는 사실을 알았습니다.

이번 작전이 성공하면 소련 역시 대한제국의 황실이 대한제국의 과거 영토에 대한 권리와 연합국 지위를 가지는 것에 대해 긍정적으로 검토하겠다는 뜻을 전해 왔습니다.

전하께서 이 작전에 대해 알려 주신 편지가 슈로치카 정치국원의 만남보다 늦어져 내용을 알지 못한 상태로 최대한 긍정적으로 답변했습니다.

후에 전하의 편지를 확인하고 작전이 진행되고 있음을 알게 되었고, 전하의 뜻대로 이번 일이 성공하게 되면 소련의 지도부 내에 대한과 황실에 대한 긍정적인 여론이 형성될 것으로 생각됩니다.

물론 노동자와 농민이 중심이 되고 사회주의를 표방하는 소비에트연방의 특성상 황실을 인정하는 것을 공론화하기는 힘들 것으로 보입니다.

하지만 지도부 내에서는 대대적인 반격에 대해 지원을 약속했고, 블라디보스토크의 광무대에 대한 주둔 허가를 받았습니다.

독립 이후 대한제국 황실의 구 대한제국 영토에 대한 권리를 인정한다고 직접 저에게 말한 것은 대외적으로는 비밀이지만 내부적으로는 황실에 대한 권위를 인정하는 것으로 보입니다.

이번 작전이 성공하면 우리가 소련에게 얻어 낼 수 있는 최대한의 승인을 모두 얻을 수 있을 것으로 보입니다.

슈로치카 정치국원에게도 정확한 작전에 대한 설명은 듣지 못했습니다.

가능하면 갑, 을 지역이 어디인지 알려 주시면 소련과 외교 활동을 함에 있어 더욱 도움이 될 것으로 생각됩니다.

회신을 기다리겠습니다, 전하.

소련에서 죽산이 나름의 노력을 열심히 하고 있다고 생각했었지만 아직까지 가시적은 성과가 없었는데, 그동안의 부진을 만회하듯 이번에 보내온 죽산의 편지에는 노력한 결과물이 들어 있었다.

물론 죽산이 다른 지역에 비해서 성과를 낼 수 없는 것은 '소비에트 사회주의 공화국 연방'의 폐쇄적인 정치 형태와 폐쇄적인 사회에도 이유가 있었다.

다른 지역에서 나를 위해 활동하는 사람들은 대부분 제국익문사의 지원을 받고 있었지만, 죽산은 그런 지원을 거의 받지 못했다.

수행원으로 한 명의 요원이 가서 도움을 주고 있었으나, 혼자이기에 진짜 수행원 이상의 역할은 하지 못했다.

그럼에도 소련에서 내놓은 이번 입장은 아주 전향적인 것이었다.

우리가 탈환 작전을 주도하기는 하지만, 왕실, 황실 같은 특수 계급이 존재하는 사회와는 대척점에 서 있다고 볼 수 있는 소련공산당이다.

그런 그들이 우리 황실을 이 정도로 인정한다는 것은, 단순히 이번 작전 때문이라기보다는 죽산이 그동안 모스크바에서 부단히 노력해 주었기에 가능한 일이라고 생각됐다.

"죽산이 엄청난 성과를 보내왔군요. 심 사무도 확인하세요."

죽산의 편지를 심재원에게 건넸다. 그리고 죽산에게 회신할 편지를 작성하기 위해 편지지를 꺼냈다.

"심 사무, 지금 예정하고 있는 정확한 작전 일자가 언제인가요?"

"내달 초 아흐레입니다, 전하."

심재원의 말을 듣고 달력을 보니 이제 진짜 작전 일자까지 한 달이 채 남지 않았다.

이미 달력은 8월 중순이었고, 9월 9일까지 며칠 남지 않은 것이다.

"내가 죽산에게 회신하면 정확히 며칠 만에 편지가 도착하는지 아나요?"

"정확히는 알지 못하나, 이번 이 편지가 작성되고, 이곳으로 도착하기까지 2주가 조금 넘게 걸렸습니다. 회신으로 돌아가는 것은, 블라디보스토크에서 모스크바로 가는 기차의 편성을 기다리는 시간과 블라디보스토크를 오가는 요원이 이곳으로 오면 3일이 남아 있어 최소 3주는 걸릴 것으로 생각됩니다. 정확히는 알지 못하나 최소 3주 이상이라고 생각하시면 될 것 같습니다, 전하."

최소 한 달이 걸릴 것으로 생각해 물어본 것인데 내 생각보다 훨씬 빠르게 전달되고 있었다.

한 달 정도 걸린다면 이미 작전이 진행되고 난 이후라 이 편지를 돌려보낼 때 갑, 을 지역에 대한 정보를 적어도 상관없었다.

하지만 3주라면 작전이 실행되기 직전일 수도 있었다. 그곳에서 정보가 새어 나오더라도 늦을지는 몰랐지만, 굳이 긁어 부스럼을 만들 이유가 없었다.

"생각보다 빠르군요."

"무엇 때문에 그러시는 여쭤 봐도 되겠습니까, 전하?"

"편지를 돌려보낼 때 작전 지역을 적을까 했는데, 작전 시각보다 빨리 배달되면 정보가 샐 수 있어서 그러는 것이에요."

내 말을 들은 심재원은 잠시 고민하고 나서 내게 대답했다.

"……시간 때문에 그러시면 블라디보스토크의 상임통신원에게 보내시고, 그가 시간에 맞춰서 발송하게 하시면 어떠십니까? 비문으로 작성하시고, 후에 블라디보스토크의 상임통신원이 평문으로 재작성 후에 모스크바로 발송하면 전하께서 생각하시는 문제는 피할 수 있을 것 같습니다, 전하."

블라디보스토크의 상임통신원에게는 번거로운 일이 될 수도 있었지만, 심재원이 제안하는 말이 괜찮아 보였다.

"그게 제일 괜찮을 것 같군요. 해당 요원에게 보낼 편지를 작성할 테니, 심 사무도 상임통신원에게 언제 개봉 후 모스크바로 편지를 보내면 되는지 작성해 주세요."

"알겠습니다, 전하."

심재원의 대답을 듣고, 꺼내 놓았던 편지지를 다시 넣고 제국익문사에서 사용하는 편지지와 특수 잉크를 꺼내 죽산에게 보내는 편지를 작성했다.

탈환 작전이 어디에서 이루어지는지, 또 이후 작전 계획은 어떻게 진행되는지, 실패했을 때 어떻게 다시 한 번 탈환에 도전하는지, 또한 성공했을 때와 실패했을 때 두 사례로 나눠 앞으로 어떤 식으로 국제정치에서 위치를 잡아 갈지도 적었다.

가정에 불과한 것이었지만, 성공, 실패 두 상황에서 어떤 식으로 기민하게 대응해야 되는지를 아주 상세하게 작성했다.

소련이라는 특수한 상황에 있어 나보다는 죽산이 해당 상황에 맞는 대응 방법을 더 잘 알고 있을 수도 있지만, 그에게 도움이 되도록 최대한 상세하게 작성했다.

✻✻✻

소련에 보낼 편지를 작성하는 것으로 탈환 작전에 대한 모든 준비를 마쳤다.

이미 산타 카탈리나 섬에서 훈련받은 요원들은 미리 계획된 작전대로 비밀리에 하와이로 가기 위해 미 해군의 함선에 탑승했고, 중경에서 하와이로 이동하는 요원들도 최종 이동을 마치고 하와이에서 마지막 작전을 확인하고 있었다.

죽산의 편지에 적혀 있듯 소련도 이미 병력 이동을 시작했고, 제국익문사가 확인한 바에 따르면 미국과 중화민국도 이제 본격적으로 병력 이동이 시작될 예정이었다.

연합국의 공식 작전명은 'Project Ban-Gyeog'이었다. 이 작전을 최초 기안한 곳이 우리였고, 우리가 쓰던 작전명인 '대반격'을 미국에서 프로젝트 반격으로 사용하면서 모든 연합국에 같은 작전명이 전달되었다.

"내가 처음 이 작전을 계획할 때부터 말하지 않았나요? 이번 작전을 성공하기 위해서는 내가 직접 가야 한다고 말을 했었어요."

"하지만 전하, 직접 가시지 않고도 지면과 육성 녹음만으로도 충분히 효과를 발휘할 것입니다. 성공을 장담할 수 없는 작전에 직접 참여하시는 것은 저와 독리, 그리고 미국, 중화민국, 임시정부까지 모두 반대하고 있습니다. 다시 한 번 재고해 주십시오, 전하."

평소에 큰 소리가 나지 않는 제국익문사 중경 사무소의 3층 사무실에서 오전 내내 언쟁이 오고 갔다.

그 소리의 주인공은 나였고, 심재원은 차분한 목소리로 나를 설득하기 위해 노력했다.

"내가 직접 가지 않으면 우리가 처음 계획할 때에 생각했던 효과를 보기가 힘들어요. 우리가 진행하는 작전은 탈환 지역에 대한 치안 유지뿐만 아니라, 한반도 전체의 국민을 일어나게 만들어 일본의 허리를 끊어 버리겠다는 것임을 심 사무도 잘 알고 있지 않나요?"

"이미 탈환한 지역의 군부대만 무장해제를 시키고 확보하면 이후는 미국과 소련이 해결할 것입니다. 작전을 수립하면서 처음 계획에는 전하께서 직접 작전에 참여하시게 되어 있었지만, 지금은 이미 여러 국가와 작전을 논의해 전하께서 직접 작전에 참여하시지 않아도 작전 성공에는 큰 무리가 없다는 결론이 나왔습니다. 직접 참여하시는 것은 재고해 주십시오, 전하."

나 역시 작전의 효과를 극대화하기 위해 하와이의 제국익문사 요원들에게 합류할 예정이었다.

아니, 나 혼자 그렇게 알고 있었다.

작전 계획이 세부적으로 수립되면서 처음 작전을 수립했을 때 있었던 그 계획은 여러 논의를 거치면서 이미 삭제되어 있었다.

이 작전을 수립할 때 위험성 때문에 독리와 심재원 두 사람은 반대했지만 내 뜻이 결국에는 관철되었는데, 미국, 소련, 중화민국, 영국, 임시정부까지 함께하는 연합국 차원의 작전이 되면서, 내가 직접 전쟁터로 나서는 것은 나만 빼고 모든 사람이 반대했다.

"후……. 언제 이 작전이 변경된 것인가요?"

오전 내내 화도 내고 설득도 했지만 심재원은 자신의 생각을 굽히지 않았다.

나도 모르는 사이, 아니 내가 확인을 하지 못한 사이에 세부 작전이 아주 약간 변경되어 있었다.

여러 번 세부 작전 서류를 확인했었는데, 내가 미처 발견 못 한 것이다.

"초기에 수립되고 나서 이 작전이 제국익문사 단독 작전이 아닌 연합군 차원의 작전으로 변경되고, OSS의 유리 제프리와 작전에 대해 대화하기 시작하면서 빠졌습니다. 지금 제국 익문사와 임시정부의 군주이신 전하께서 직접 참여하는 것은 작전의 불확실성을 생각하면 당연히 피해야 한다는 게 모든 사람의 판단이었습니다. 전하, 미국의 루스벨트도 영국의 처칠도 소련의 스탈린도 그 어떤 나라의 지도자도 직접 전쟁에 참여하지는 않습니다, 전하."

"그들 나라와 우리는 처한 상황이 전혀 다르잖아요. 우린 지금 한 명이라도 더 우리를 위해 뛰어 줄 사람을 모아야 해요. 그것도 동남아시아에 나가 있는 일본 해군과 지금 이곳 중화민국 중심까지 나와 있는 관동군이 다시 돌아오기까지 걸릴 것으로 생각되는 일주일 안에요. 그러니까 내가 직접 가야 해요."

"전하께서는 다음 달로 예정되어 있는 대일연합국과의 협상에도 참석하셔야 합니다. 전하께서 직접 전쟁에 참여하시는 것보다 협상 자리에서 정치력을 발휘하시는 것이 훨씬 많은 백성을 살리실 수 있습니다, 전하."

분명 심재원이 하는 말도, 또 내가 하는 말도 서로 맞는 말이었다.

어느 쪽이 더 좋은지는 지금 당장 알 수가 없었다.

미래를 위해서는 심재원이 하는 말이 더 좋을 수도 있지만, 만약 내가 가지 않아서 작전이 실패로 돌아간다면 미래가 문제가 아닌 눈앞의 가혹한 현실을 감당해야 했다.

그래서 나는 지금 눈앞의 문제에 집중하길 원했다.

찬반이 최소한 동률, 아니 소수 의견이라도 한두 곳이 내 편이었다면 이 대화가 내가 원하는 대로 됐을지 모른다.

하지만 내 뜻에 찬성하는 사람은 안타깝게도 아무도 없었다.

그 뒤로도 한동안 대화가 오가고 나서 결국 나는 이번 작전에 참여하지 않는 것으로 결론이 났다.

심재원이 처음부터 내 참여를 반대하면 내가 수용하지 않을 것을 알고 자신의 뜻을 관철하기 위해 많은 준비를 해서 그를 설득할 수가 없었다.

국내 진공을 항상 주장하는 김원봉 부사령관이나 지청천 광복군 총사령관이라면 내 편에서 내 주장을 뒷받침해 줄지도 몰랐으나, 그들은 안타깝게도 이 작전을 알지 못했다.

마지막으로 내가 참여하지 않는 걸로 결론이 나자 작전은 준비된 대로 시작되었다.

1차 집결 지역인 블라디보스토크로 하와이의 요원들이 이동을 시작했다.

✻✻✻

하와이 주 오아후 섬 진주만(Pearl Harbor), 힉캠 공군기지 (Hickam Air Force Base).

1942년 9월 6일 오전 6시. 공군 기지 내 한 사무실 문 앞에 젊은 동양인 남성 한 명이 서 있었다.

그 남성은 문 앞에 멈춰 서자마자 문을 두드리고는 말했다.

"정재현丁在賢 통신원입니다."

정재현이라 자신을 소개한 젊은 동양인은 자신의 말을 마치고 문 안에서 답변이 돌아오기를 기다렸다.

"들어오게."

방 안에서 허락이 떨어지고 문을 열고 들어가자 오륙십 대 정도로 보이는, 청년과 비슷한 외모지만 나이가 지긋한 동양인이 서서 청년이 들어오는 것을 반겼다.

"어서 오게, 정재현 통신원."

"이철암 사신께서 찾으셨다고 들었습니다."

"재현아, 둘만 있는 자리이니 편하게 말하거라."

이철암 사신은 자신을 깍듯하게 대하는 정재현 통신원에게 인자한 미소를 지으며 말했다.

"괜찮습니다."

"네가 우리 사의 통신원이긴 해도 나를 어릴 때부터 삼촌이라고 부르지 않았느냐? 오늘만 사신과 통신원이 아닌 삼촌과 조카로서 대화를 하자."

"알겠어요, 삼촌."

정재현은 긴장된 얼굴로 이철암을 바라보다 얼굴이 조금

풀리며 대답했다.

40년에 가까운 나이 차이도 있었지만, 그는 제국익문사 중경훈련소 1기 훈련생으로, 기존의 제국익문사 요원에 비하면 신병에 가까운, 이제 막 배치된 통신원이었다.

반면 그의 앞에 있는 이철암 사신은 제국익문사 전체를 통틀어도 다섯 손가락 안에 들어가는 최고위직 요원이고, 이번 미군 위탁 훈련의 제국익문사 책임자로 와 있는 사람이었다.

아무리 어릴 때 아버지의 친구여서 편하게 대하고 용돈을 주던 삼촌이었던 사람이라도, 자신의 상관이 되고 자신도 통신원이 되어 상황이 달라지니 거리가 있을 수밖에 없었다.

"이번에 갑 지역으로 간다고?"

"네."

정재현은 훈련을 받으며 A 사이트, 갑 작전 지역으로 불리는 곳에 배정받았다.

하지만 A, 혹은 갑으로 부를 뿐 정확한 작전 지역은 알지 못해 자신이 정확히 어디로 가게 되는지 궁금했으나 질문하지는 않았다.

"나와는 다른 지역이구나. 그곳은 다른 사신이 현장을 지휘하니, 그의 말을 잘 따르거라. 훈련은 힘들지 않았느냐?"

"중경에서 훈련보다 훨씬 편했어요."

"그래…… 피재길 사기께서 훈련소장이셨으니, 네가 어떤 훈련을 받았을지는 눈에 훤하다. 그래도 너의 아버지도 나도 그런 훈련을 받았고, 그 덕분에 지금까지 살아남을 수 있었다. 너도 작전에 들어가면 그 훈련들이 고마운 순간이 올 것이다."

"네."

"아버지 소식은 좀 들었고?"

"미국에서 돌아오시고 나서, 영국 사무소를 신설하시기 위해 런던으로 가셨다고 들었어요."

"그래, 진함이가 미국 사무소 개설 때에도 고생했고, 이번에는 영국으로 갔지……. 우리 상임통신원 이상의 요원 중에는 몇 안 되는 해외 유학파이니, 너네 아버지가 가장 바쁠 것이야. 이건 진함이에게서 온 편지이니, 이곳에서 읽어 보고 나오거라."

이철암은 자신의 품속에서 편지 봉투 하나를 꺼내 그에게 건네고 그의 어깨를 몇 번 두드려 주고는 사무실을 벗어났다.

그의 등 뒤로 편지 봉투를 뜯는 모습과 편지 속 내용이 보였다.

재현이에게

못난 아비가 미국에 이어 영국으로 떠나와 처음 통신원으로 근무하는 네게 아무런 조언도 하지 못했구나.

네가 수행하게 될 이번 작전은 우리 조국의 운명을 가를 작전이다.

　그러니 너는 우리 조국을 위해 목숨을 바치거라.

　잘 알고 있듯이 네 5대조 조상이시자 내 고조할아버지인 다산 정약용 할아버지께서도……

　사무실 안에 켜져 있는 작은 전구의 불빛에 의존해 글을 읽어 가던 정재현은 결국 어깨가 무너져 흐느끼며 글을 읽어 나갔다.

　그가 글을 다 읽고 사무실 문을 열고 나왔을 때에는 눈이 붉어지기는 했으나 어깨가 당당히 벌어져 있었고 얼굴에서는 굳은 결의가 보였다.

　"그만하면 됐다. 우리 지하에서 보자."

　복도에 서서 담배를 태우던 이철암은 정재현이 문을 열고 나오자 그의 얼굴을 확인하고, 그의 어깨에 손을 얹어 꽉 잡아 주었다.

　"알겠습니다."

10장

미국 공군기지라는 것이 어색할 정도로 많은 숫자의 동양인이 긴장한 얼굴로 늘어서 있다가 한쪽 끝에서 외치는 한국어에 일제히 반응해 움직였다.

"탑승!"

"잘 다녀오거라."

"사신님께서도 작전에 성공하시길 기원합니다."

일제히 탑승하는 인원 사이에 이철암과 정재현이 악수로 마지막 인사를 하고 정재현이 비행기에 탑승했다.

한 비행기에 쉰 명에 가까운 사람이 탑승했고, 그런 비행기 두 대가 활주로를 달려 하늘로 날아올랐다.

"너는 어디로 가는지 들은 적 없어?"

정재현 통신원이 긴장된 상태로 자리에 앉아 있었는데, 평소 친하게 지내는 훈련 동기 중 한 명이 조심스럽게 물어왔다.

"나도 갑 지역으로만 알고 있어. 우리 작전 지역이 훨씬 힘든 지역이라고는 들었는데, 정확한 지역은 나도 몰라 내가 알기로는 우리를 가르쳤던 미국인 교관들도 모른다고 들었어."

"그래도 아버지가 상임통신원이시라 알 줄 알았더니……."

"아버지 얼굴 못 본 지 몇 년은 된 거 같아."

동기의 투덜거림에 정재현도 웃음으로 대답했다.

그들의 비행기 오른쪽으로 해가 떠오르기 시작했다.

오랜 시간의 비행을 마치고 착륙한 비행기는 이륙할 때의 하와이의 따뜻한 날씨와는 정반대로 살을 에는 듯한 얼어붙은 바람이 몸을 감쌌다.

"우아! 이건 너무 추운 거 아냐?"

"1차 집결지인 소련이니까."

동기의 투덜거림을 듣던 정재현은 선두의 통신원을 따라 비행기에서 내려 이동했다.

열 대의 트럭이 멈춰 서 있는 곳으로 이동했다.

트럭에는 소련 공산당을 뜻하는 마크가 선명히 찍혀 있고,

주변은 분명 소련의 군 기지였으나, 멀리 보이는 외곽 경비대를 제외하고는 아무도 보이지 않았다.

"자, 집중!"

트럭의 운전석 위로 올라선 상임통신원이 큰 목소리로 외쳤다.

칼날 같은 바람이 귀를 때렸지만, 높은 위치와 그의 큰 목소리 덕분에 또렷이 알아들 수 있었다.

"그동안 작전 갈 지역이 어디인지 많이 궁금했을 것이다. 우리의 최종 목적지는 경성이다! 경성의 군대를 박살 내고! 조선총독부와 경성을 장악할 것이다!"

상임통신원의 말이 끝나자 요원 사이에서는 약간의 동요와 소요가 일어났다.

일부는 희열, 일부는 걱정, 또 일부는 기대감, 열망 등 온갖 감정이 요원들의 얼굴에서 나타났다 사라졌다.

잠시 진정되기를 기다렸던 상임통신원이 모든 요원이 다시 자신에게 집중하자 말을 이어 나갔다.

"우리는 이곳에서 바로 이동해 두만강을 건넌다. 두만강을 건너 하루를 걸어가면 우리를 목적지로 데려다줄 트럭이 기다리고 있을 것이다. 우리는 스무 대의 트럭으로 나뉘어 상인으로 위장한 다음 각각 출발해 목적지에 재집결할 것이다. 그곳에서는 먼저 도착한 요원들이 우리를 기다리고 있을 것이다! 여러분의 건승健勝을 기원한다! 승차!"

그 말을 끝으로 상임통신원은 트럭 위에서 내려와 운전석에 탑승했다.

훈련을 받으며 자신의 조에 대해 잘 알고 있었기에 각 조 조장의 지휘 아래 빠르게 여러 대의 트럭으로 나눠 탑승했다.

차를 타고, 3시간을 이동한 후 인적이 없는 산기슭에 주차하고 트럭에서 내렸다.

경성으로 간다는 것을 알게 된 다음부터 흥분된 몸 때문인지 비행기에서 내릴 때 추웠던 것과는 상반되게 오히려 날씨가 춥지 않다 느낄 정도였다.

1차 이동 지역인 소련과 일본 국경 근처 깊은 산속에 도착한 이후 상임통신원이 다른 아홉 명의 조장을 한곳으로 모았다.

1조 조장이자 지금 이곳에서 최선임자인 상임통신원이 앞으로의 일정을 설명했다.

1조는 상임통신원과 유일한 선임장교를 비롯해 미국에서 선발된 대학생 지원자 열 명 중 다섯 명이 포함되어 있었고, 1조를 제외하면 2조부터 10조까지는 제국익문사의 요원으로만 이루어져 있었다.

"이곳부터 각 조 조장의 인솔하에 집결지로 이동한다. 각 조의 집결지는 이 명령서에 나와 있으니 확인하고, 살아서 경성에서 만나자."

이 말을 마지막으로 각 조 조장은 자신의 조원이 모여 있는 곳으로 갔고, 그중에는 8조 조장인 정재현도 있었다.

"뭐래?"

조원은 동기 다섯 명과 네 명의 2기생이었는데, 정재현이 돌아오자마자 친한 동기이자 부조장인 나석영이 물어 왔다.

"작전 지역으로 도보로 이동. 확인은 안 했는데, 가장 먼 곳으로 가는 조는 하루 이상을 걸어가야 한대."

정재현은 부조장의 질문에 대답하고 나서, 밀랍으로 봉인된 명령서의 밀랍을 뜯었다.

그 모습에 다른 조원들도 궁금한 표정으로 정재현이 말하기를 기다렸다.

"두만강을 건너에서 부령까지 가야 하네. 아무래도 우리가 하루를 꼬박 걸어야 하는 조인 거 같다."

"진짜?"

정재현의 한숨 섞인 말에 조원들 몇 명이 놀라면서 되물었다.

전부 같은 통신원이라는 계급이라 조원과 조장, 부조장이라는 역할의 차이가 있을 뿐 상하 관계는 없었고, 서로 말도 편히 해서 이런 반문이 돌아왔다.

"이동하자. 이 거리를 산길로 가려면 하루를 걸어도 부족할 것 같아."

정재현의 말에 지도를 확인한 조원들은 모두 자신의 신발과 짐을 다시 한 번 확인했다.

그리 넓지 않은 산기슭에 모여 있던 1백 명의 요원들이 흩어지기 시작했다.

특히 경성으로 떠나는 쉰 명의 요원들은 더 빨리 발걸음을 옮겼다.

어지럽게 흩어져 있던 발자국은 차를 회수하기 위해 도착한 소련의 군인에 의해 없어졌다.

하루를 꼬박 걸어 이동한 8조는 부령군 외곽에 도착했다.

청진항과 멀지않은 곳이어서인지 부령군에는 도로가 잘되어 있었고, 이동하는 사람과 차도 많은 편이었다.

"아직이야?"

나석영은 산에서 멀리 보이는 도로에 시선을 집중하고 있는 정재현에게 물었다.

"예정 지역은 저기야. 일단 도착 안 한 거 같으니까, 한 사람은 경계를 서고 나머지는 휴식을 취하자. 첫 경계병은 내가 할 테니까 다들 쉬어."

"금방 교대해 줄게."

나석영은 정재현에게 말하고 나서 곳곳에서 휴식을 취하고 있는 조원에게 휴식을 취할 것을 전했다.

1시간 정도의 시간이 지나 나석영이 정재현과 경계 근무를 교대하고 얼마 지나지 않아 목표 지역에 트럭 세 대가 멈춰 섰다.

가장 선두에 있던 차에서 엔진 룸을 열어 확인하고, 나머지 두 대의 트럭 중 중간에 있던 트럭의 천장에 하얀색 천이 올라왔다.

나석영이 천을 확인하자마자 손을 들어 신호했고, 나무에 기대어 휴식을 취하고 있던 정재현이 신호를 보고 바로 뛰어왔다.

"맞는 거 같지?"

나석영이 멀리 떨어진 세 대의 트럭을 가리키며 한 질문에 정재현은 고개를 끄덕이는 것으로 대답했고, 그와 동시에 휴식을 취하던 조원들이 일제히 일어났다.

다들 휴식을 취하고는 있었지만 온 신경은 망을 보고 있는 경계병에게 쏠려 있었기에, 작은 움직임에도 이동할 트럭이 도착했음을 알아챘다.

"두 개 조로 나눠서 접근한다. 후위는 전위가 접촉한 이후 주변의 상황을 확인하고, 안전이 확인되면 합류한다. 전위는 나를 포함한 세 명, 후위는 부조장이 맡는다. 이상."

정재현은 빠르게 두 사람을 지목하면서 말했고, 조원들도 그 명령을 바로 수행했다.

바로 보이는 거리였지만 걸어서 이동하는 데 10분 정도의 시간이 흘렀고, 트럭이 멈춰 서 있는 도로에 도착하자 전위를 맡은 세 명이 도로로 올라섰다.

"어디가 고장이 났나요?"

정재현이 웃으면서 접근하자 트럭에서도 엔진 룸 옆에 서 있던 사람 한 명이 정재현 쪽으로 다가왔다.

"엔진이 말썽이네요."

"제가 보기엔 그쪽보다는 이 아래가 문제인 거 같은데요."

어디가 문제일 리가 없었다. 접선을 위해 엔진에 문제가 생긴 것처럼 멈춰 선 것뿐이었다.

미리 약속되어 있는 암호대로 정재현은 차 하부를 발로 차면서 말했다.

그러자 트럭에서 다가왔던 사람의 표정이 싹 바뀌었다.

"그쪽이 문제일까요?"

"원래 엔진보다는 이쪽이 많이 고장 납니다. 물 한 병이면 해결될 문제예요."

"물은 우리가 준비해 드리죠."

엔진을 고치는 것과는 전혀 상관없는 대화가 잠시 오가고 나서 트럭에서 다가온 사람이 아주 작은 목소리로 물었다.

"미행은?"

정재현은 그 질문에 고개를 저어 없었음을 알리고, 바로 자신도 질문했다.

"그쪽은?"

트럭의 사람 역시 고개를 저어 없었음을 알렸다.

곧이어 다른 트럭 운전사들에게 차가 다 고쳐졌음을 알렸다.

"세 명뿐입니까?"

"열 명입니다. 일단 이곳을 정리하시지요."

"각 트럭의 화물칸 안쪽에 자리가 마련되어 있으니 탑승하세요."

정재현은 그의 말을 듣자마자 손을 들었고, 뒤쪽에 숨어 있던 조원들이 조심스럽지만 아주 빠르게 트럭의 화물칸에 나누어서 탑승했다.

조원들이 모두 트럭에 타고 나자 정재현도 첫 번째 트럭으로 가서 화물칸에 탑승했다.

화물칸은 아주 큰 상자로 되어 있는 화물이 실려 있었는데, 겉에는 '선호당'이라는 마크가 선명히 찍혀 있었다.

그 화물들 사이로 들어가자 네 사람이 겨우 앉을 수 있는 공간이 나왔다. 정재현까지 들어가서 앉자 바깥에서 운전수가 상자를 옮겨 그가 들어온 곳을 모두 막았다.

위와 앞이 모두 막히니, 화물 사이에 있는 네 명은 서로의 얼굴도 분간이 불가능한 어둠 속에 잠겼다.

"그래도 하루를 꼬박 걸었는데 잠을 잘 수 있게 불까지 꺼주니 푹 쉬자."

정재현의 농담에 나머지 세 통신원의 웃음소리가 작게 들리다 사라졌고, 바로 거친 엔진 소리를 내며 트럭이 출발했다.

시동이 한번 걸린 트럭은 몇 시간 동안 한번도 멈추지 않고 이동했다.

정재현은 어둠 속에서 선잠을 자다 차의 속도가 느려지는 것을 느끼며 잠에서 깨어났다.

처음에는 어둠 속에서 아무것도 안 보였는데, 잠을 자고 일어나니 짐 사이로 들어오는 아주 작은 빛으로 서로의 얼굴 정도는 분간할 수 있었다.

다른 조원도 차가 멈춰 서자 잠에서 깼는지 모두 궁금함이 가득한 표정으로 서로를 바라봤다.

하지만 기도비닉企圖秘匿이 무엇보다 중요하다는 것을 알고 있어서인지 아무런 소리도 내지 않은 상태로 바깥의 소리에 집중했다.

"어디서 오는 길인가?"

물건 너머에서 일본어가 들려왔다.

"청진항에서 경성으로 가는 물건을 싣고……. 순사 나으리, 여기 이동 허가증입니다."

"청진? 먼 곳에서도……. 무엇……."

트럭의 엔진 소리 때문에 완벽한 문장으로 들리지는 않았으나, 검문검색에 걸린 것 같았다.

"동대문 선호당의 물건…… 청……입니다."

"걷어 보게."

아까보다 소리가 또렷해졌고, 트럭 뒤에서 덥고 있던 천막이 걷히는 소리가 들렸다.

"이상한 물건은 없는가?"

"없습니다, 순사 나리."

"요즘 불순한 세력이 움직인다는 첩보가 있어!"

중년 남자로 보이는 자가 걸걸한 목소리로 외치고 나서 물건을 뜯어내는 소리가 들렸다.

"나리, 소인들은 그저 주인 나리의 명령에 따라 천진항에서 물건을 받아 오는 겁니다. 요즘 불순한 세력 때문에 밤낮없이 일하시느라 힘드실 텐데 저녁에 어디 가서 술이라도 한잔하시며 피로를 푸시는 것은 어떠십니까?"

"흠흠, 원래는 이러면 안 되지만 그대의 성의를 봐서 넘어가겠네. 아무튼 불순한 세력이 보이면 바로 신고하게!"

일본 순사로 짐작되는 목소리는 원하는 것을 다 마쳤는지 어색한 목소리와 함께 멀어져 갔다.

화물칸을 정리하는 소리가 들리고 나서 멈춰 섰던 트럭의 엔진이 굉음을 내며 움직이기 시작했다.

화물칸에서 긴장한 채로 대기하고 있던 네 사람은 다시금 긴장이 풀린 얼굴로 각자 화물에 등을 기대고 휴식을 취했다.

아무도 없는 산길에서는 잠시 멈춰서 짐칸에 타고 있던 요원들이 잠시 밖으로 나와 생리 현상을 해결하고 간단한 음식도 섭취하면서 2일 동안 꼬박 이동했다.

처음 검문을 당했던 것처럼 이동하면서 두 번의 검문을 더 거치고 나서야 경성에 도착했다.

"도착했습니다."

트럭 운전사가 닫혀 있던 화물을 치우며 말했다.

그제야 네 명은 화물칸 밖으로 나왔는데, 밖은 아직 해도 떠오르지 않아 온 세상이 파란색을 띠고 있는 시간이었다.

트럭이 멈춰선 곳은 세 개의 큰 창고가 있었는데, 창고 주변으로는 논밭밖에 없는, 경성에서는 조금 떨어진 외곽 지역이었다.

"고맙습니다."

정재현은 이곳까지 운전해 준 운전사에게 고마움을 표시했다.

"아닙니다. 조국을 위해서 하는 일입니다. 직접 전쟁을 하지 못하는 내 자신이 한탄스럽지만, 이렇게나마 기여할 수 있다는 것에 감사합니다. 이곳으로 들어가셔서 기다리시면 됩니다."

운전사의 설명에 정재현은 이미 화물칸에서 내려 대기하고 있는 조원들과 함께 창고로 다가갔다.

운전사가 가리킨 창고 안에 들어가자 천장까지 쌓여 있는 짐이 눈에 들어왔다.

그리고 문 바로 옆에 앉아서 졸고 있는 큰 키의 사람이 보였다.

그가 문을 열고 들어서자 그제야 잠에서 깨어난 듯한 모습을 보이면서 그들에게 말했다.

"몇 조?"

"누…… 8조입니다."

자신의 얼굴을 보자마자 몇 조인지 물어 오는 그에게 누구냐고 물어보려다 잠에서 막 깨어난 듯한 그의 얼굴과 키를 보자 누구인지 알 수 있었고 바로 대답했다.

"흐암~. 아, 재현이구나. 그래 저쪽의 상자를 잡아당기면 열릴 거야. 그리로 들어가서 다음 지시까지 휴식을 취하면 된다."

정재현은 어린 시절에도 가끔 만났고, 또 중경훈련소에서도 본 적이 있는 이준식 상임통신원의 말에 바로 그가 가리킨 상자로 다가갔다.

상자 끝에 보이는 작은 홈에 손을 넣고 당기자 한 사람이 기어 들어갈 만한 작은 통로가 나왔다.

그곳으로 기어 들어가자 천장까지 쌓여 있던 짐이 마치 벽처럼 되어 있었고, 그 뒤로는 아주 넓은 공간이 나왔다.

곳곳에 상자들이 쌓여 있었고, 그 상자 위에 누워 쉬고 있는 제국익문사 동기들이 눈에 들어왔다.

몇 명은 블라디보스토크에서 헤어진 요원들도 보였고, 몇 명은 중경에서 함께 훈련받았지만, 미국 훈련에는 참가하지 않고 정보 수집 임무를 수행했던 요원들도 있었다.

좁은 통로로 들어온 다른 조원도 주변에 보이는 자신의 동료에 그제야 얼굴에 웃음꽃이 피어나며 서로 친한 동료들과 작은 소리로 반가움을 표시했다.

　정재현도 자신과 친한 요원에게 다가가 이곳까지 오면서 겪은 일에 대해 말하며 휴식을 취했다.

　그가 들어오고 나서도 시간마다 한 조씩 들어왔다.

　정오가 되었을 때 마지막 조가 들어오고, 문 앞을 지키던 이준식 상임 통신원이 안으로 들어왔다.

　큰 키로 좁은 통로를 지나오는 게 힘들어 보여서 정재현이 다가가 그의 손을 잡고 당겨 주었다.

　이준식 상임통신원이 중앙에 있는 상자 위에 올라서자 2백 명에 가까운 사람이 있다고는 상상이 안 될 정도로 조용한 상태로 이준식 상임에게 시선이 모였다.

　"오늘 밤 11시에 용산의 조선 주둔군 20사단 사령부와 육조거리의 헌병대를 일제히 공격할 예정이다. 우리의 목표는 경성 탈환이다. 세부 계획은 각 조에 전하겠지만, 우리는 생포나 점령이 목적이 아니라, 모든 일본군의 사살이 목적이다. 이미 경성에 먼저 파견 나온 요원들이 용산의 20사단 숙소에 폭탄 설치를 완료한 상태이다. 20사단에서 폭탄이 터지면 그 소리를 신호로 각자 배부된 목표를 빠르게 사살한다. 그리고 헌병대를 공격하는 인원은 필히 모든 병사를 사살해야 한다. 그렇게 헌병대를 빠르게 정리하고, 우리는 조선총독부를 접수할 것이다. 다시 한 번 말하지만, 우리의 목표는 일본군의 전원 사살이다. 한 치의 망설임도 없이 사살해라. 이상! 해가 질 때까지 편히 휴식을 취해라."

이준식 상임 통신원은 이 말을 마지막으로 상자에서 내려와 정재현이 앉아 있는 상자로 다가왔다.

"먼 길이었을 텐데 오느라 고생했다."

"아닙니다. 그런데 고이소 구니아키小磯國昭 총독은 누가 체포하는 것입니까? 그 시간이면 총독부가 아닌 총독 관저에 머물고 있을 텐데요."

이준식 상임통신원이 말한 목표 중에 총독 관저가 없어 이상하게 생각한 정재현이 이준식에게 물었다.

"독리께서 직접 움직이실 것이다."

"독······독리께서요!"

정재현은 놀란 목소리로 말하다 주변의 시선을 보고 나지막이 말했다.

독리, 모든 제국익문사의 정점에 서 있는 사람이었다.

광무제에게 임명장을 직접 받은 유일한 인물이었고, 이 제국익문사의 모든 역사를 함께했는지라, 그는 여러모로 전설적인 사람이었다.

하지만 이미 일선에서 물러난 지 오래된 노인인 것을 짐작하고 있는 정재현으로서는 놀랄 수밖에 없었다.

"나이가 드셨기는 해도 아직 현역이셔. 경성사무소의 요원들과 함께 움직이실 거야. 우리는 우리의 목표에만 신경 쓰자."

"네."

각자 휴식을 취하며, 주위의 동료들과 담소를 나누면서 시간이 가도록 기다렸다.

해가 지고 나자 이준식 상임통신원이 인원 중 1백 명을 나눴고, 그중에는 정재현이 속한 8조도 있었다.

"우리는 지금 이동해 경성으로 들어갈 것이다. 이곳에서 옷을 갈아입고, 상인들의 안내에 따라 종로로 들어간다. 되도록 차분하게 행동하고 눈에 띄지 않도록 조심해라."

이준식의 말에 1백 명의 요원이 일어나 이준식 상임통신원 앞에 아무렇게 놓여 있는 옷을 하나씩 잡고 갈아입었다.

어떤 이는 아주 고급스러운 양복도 있었고, 어떤 사람은 인력거꾼이나 요정에서 허드렛일을 하는 노동자의 옷도 있었다.

옷을 갈아입은 인원들은 이준식 상임에게 설명을 듣고 이미 어두워진 논밭으로 흩어져 걸어갔다.

각자 정해진 길로 향했고, 정재현도 깔끔한 양복으로 갈아입고 옷에 있는 작전서를 확인했다.

작전서에는 신분증도 들어 있었는데, 그 신분증에 있는 인물은 선호당의 주인인 최 대인의 동생이었다.

최 대인이 누군지는 몰랐으나, 작전서에 적혀 있기는 경성에서 유명한 한량이었다.

정재현의 신분은 한량인 그의 동생으로 이제 막 경상도에서 상경한 청년이라고 적혀 있었다.

그의 설명에 따라 혹시 모를 검문에 대비해 자신의 신분을 외웠다.

한창 외우고 있을 때 나석영이 정재현에게 다가왔다.

"네가 최인규?"

"어? 어."

"내 주인님이구만…… . 왜 내가 주인이 아닌 거야."

나석영은 투덜거림과 함께 자신의 작전서를 보여 주었다.

그곳에는 선호당에서 일하는 직원에 대한 신상과 작전서가 동봉되어 있었다.

"내 몸종이네? 주인님한테 반말하는 하인이 어딧어?"

"네이~ 주인 나으리~."

나석영은 정재현의 농담에 과장된 몸짓으로 고개를 숙이며 말했다.

정재현은 중국에서 정보 수집 작전을 여러 번 수행했으나, 경성에서 움직인다는 상징성 때문인지 긴장되는 마음을 감출 수가 없었다.

그래도 자신의 친한 친구이자 동료인 나석영이 함께 간다는 말에 조금은 마음이 놓였다.

두 사람이 창고를 벗어나 한참을 걸어 지방에서 올라오는 도로에 접어들자, 그들과 같은 방향으로 온 동료 10여 명 말고도 소달구지를 타고 가거나 엄청난 짐을 지게에 올려 지고 걸어가는 사람이 보였다.

1시간 정도를 걸어가자 마을이 보이기 시작했고, 거기서 30분을 더 걸어가자 경성으로 들어가는 관문인 한강대교가 눈에 들어왔다.

한강대교 앞에는 일본 헌병대가 서서 검문을 하고 있었다.

모든 사람을 검문하는 것이 아니라 주로 물건을 싣고 옮기는 사람들을 위주로 검사했고, 행색이 추레한 사람들도 주요 검문 대상이었다.

정재현과 나석영이 최대한 담담한 자세로 걸어 들어가는데, 어깨에 총을 둘러멘 일본 헌병이 그를 붙잡았다.

"정지!"

정재현은 일본 헌병의 말에 덜컥 겁이 났으나, 최대한 태연하게 되물었다.

"무슨 일인가요?"

"신분증과 통행증 좀 봅시다."

"여기 있소."

일본 헌병에게 창고에서 받은 신분증과 통행증을 건네주었다.

그리고 그의 하인 역할인 나석영도 함께 신분증과 통행증을 건네주었다.

"어디 갔다 오는 길인가?"

"하인 놈하고 밖에 창고 좀 확인하고 오는 길이오."

정재현은 자신의 동료인 나석영을 일부러 낮잡아 부르며 헌병의 질문에 대답했다.

헌병은 그 대답에 두 사람을 한참 바라보다 신분증과 통행증을 돌려주었다.

"통과."

헌병의 대답을 듣고 통행증을 돌려받아 챙기고는 다리 위로 올라섰다.

다리 중간쯤 되어 주변의 사람들과 조금 떨어졌을 때 뒤따라오던 나석영이 웃으며 말했다.

"이런 짐은 이 하인 놈이 들겠습니다, 주인 나으리."

모르는 사람이 얼핏 들으면 별달리 문제가 없어 보이는 말이었으나, 정재현은 장난기 가득한 나석영의 표정에서 자신을 놀리고 있다는 것을 잘 알 수 있었다.

"어디 더러운 하인 놈의 손으로 이 귀한 걸 잡는다는 말이냐?"

온몸이 긴장해 있던 정재현은 나석영의 농담에 그제야 왜 헌병이 자신을 검색했는지 짐작하며 조금은 풀린 표정과 행동으로 나석영의 농담에 대응했다.

'내가 너무 긴장했다. 헌병도 딱딱하게 굳은 표정을 보고

나를 검문한 거야. 재현아…… 재현아! 이게 뭐냐, 이렇기 긴장해서는…….'

정재현은 마음속으로 자신을 잠시 책망하고, 가던 길을 걸어 종로로 접어들었다.

작전서에 써 있는 대로 일본군 헌병대에서 한 블록 떨어져 있는 곳의 술집 뒷골목으로 접어들었다.

작전서에도 정확한 목적지는 쓰여 있지 않았는데, 술집 뒷골목으로 접어들자 그곳에는 장정 다섯이 둘러서서 담배를 피우고 있었다.

"선호당 최 대인의 동생분 되시오?"

담배를 피우던 장정 중 한 명이 골목으로 들어오는 정재현에게 물었다.

"그러네."

정재현의 대답을 들은 남자는 정재현의 대답에는 신경 쓰지 않고 건물 옥상을 잠시 바라봤고, 옥상에서 있는 사람이 아래를 바라보고 신호를 줬다.

그러자 정재현에게 작은 나무패 하나를 넘겨주면서 말했다.

"세 번째 건물 1층."

그의 말을 듣고 지시대로 세 번째 건물로 걸어가는데 뒤따라오던 나석영이 귓속말로 정재현에게 말했다.

"옥상에서 미행을 감시하는가 봐."

"접선 시 미행 확인은 기본이니까."

제국익문사에서 훈련받을 때 접선 시에 미행 확인은 아주 중요하게 가르치는 것 중에 하나였다.

지금까지 교육에 따르면 뒷골목의 다섯 명은 접촉자의 신분을 확인하는 확인조이고, 건물 옥상에 있는 사람이 주변을 둘러보면서 미행을 확인하는 확인조였다.

나무패를 준 사람이 알려 준 3번째 건물로 가자 굳건히 닫힌 문이 하나 있었다.

"⋯⋯."

정재현은 수칙대로 문을 세 번 일정한 간격으로 두드렸다.

그러자 문 안에서 눈만 확인 가능한 작은 구멍이 열렸다.

그곳에 금방 받은 나무패를 건네자 아무런 말 없이 문이 열렸다.

문 안으로 들어가자 좁은 통로가 나왔고, 그곳에는 금방 문을 열어 준 사람과 다른 사람 한 명이 총을 어깨에 기댄 채로 앉아 있었다.

정재현과 나석영이 그들의 손짓에 따라 통로를 지나 홀 안으로 들어가자 술집으로 꾸며져 바와 탁자, 공연을 하는 무대가 있는 넓은 홀이 나왔다.

거기엔 이미 먼저 도착한 사람들이 곳곳에 있는 상자를 열어 무기를 정비하고 있었다.

"왔느냐?"

무기를 확인하던 이준식 상임통신원이 이제 막 홀로 들어오는 정재현을 환영해 주었다.

"네."

"너도 무기를 정비하는 것을 돕거라."

"알겠습니다."

정재현과 나석영도 다른 요원들과 마찬가지로 상자 위에 있는 쇠지레를 들어 닫혀 있는 상자를 열었다.

홀에는 엄청난 양의 상자가 놓여 있었는데, 그 상자의 뚜껑을 열자 전부 무기가 들어 있었다.

미군의 주력 총인 M-1 개런드 총이 들어 있는 한 상자와 총알 그리고 수류탄과 총류탄銃榴彈까지 시가전에서 사용할 수 있는 탄약이 들어 있는 상자가 있었다.

"소총은 이것뿐입니까?"

정재현과 나석영은 개런드 소총을 더 찾아내기 위해 상자를 뜯었는데, 네 개를 뜯어도 첫 상자를 말고는 총류탄과 수류탄, 탄약 상자만 나와 이상해 이준식에게 되물었다.

"어어, 개런드는 우리가 사용할 건 다 준비했으니까 놔두고, 저기 저 상자부터 뜯어라."

"이것 말씀이신가요?"

이준식이 가리킨 상자로 다가가 정재현이 묻자 이준식이 고개를 끄덕이면서 대답했다.

"어어, 그 상자."

정재현은 전투는 개런드 소총으로 하는 게 당연하다고 생각하고 있었는데 M-1 개런드를 사용하지 않는다고 말해서 설마 총이 없어 권총으로 싸우는 것인가 의심하면서 상자를 열었다.

그러자 자신이 아주 잘 알고 있는 총이 나왔다.

"이건 토미건이 아닙니까!"

톰프슨 기관단총(Thompson SubMachine Gun)이 상자 안에 가득 들어 있었다.

정재현은 미국에서 훈련받으면서 사용해 본 총이라 반가우면서도 놀라움이 가득한 표정으로 말했다.

"미국에서 가져온 거야. 명중률은 조금 떨어져도 시가전이니까 훨씬 효율적이지. 그리고 여기 옥상과 몇몇 건물 옥상에서 스프링필드랑 개런드로 지원사격을 할 거니까 너무 걱정하지 마라."

정재현은 걱정보다는 오히려 기쁨에 겨웠다.

명중률은 M-1식에 비하면 훨씬 떨어지지만 빠른 탄창 교체와 연사가 가능해 좁은 구역에서 싸울 때는 이게 훨씬 효과적이었다.

그가 총에 감탄하는 사이 나석영이 쇠지레로 상자를 더 뜯었고, 그곳에는 토미건의 탄창과 탄약 상자가 계속해서 나왔다.

"이 모든 총알을 오늘 밤에 사용할 거니까, 모든 탄창에 총알을 준비해 놔."

이준식의 말에 눈에 보이는 상자들이 마치 산처럼 크게 느껴졌다.

오늘 밤새도록 사격해도 이 총알을 다 쓸 수 있을까 의문이 들 정도로 많은 양이 있었다.

그와 나석영이 탄창 상자와 탄약 상자를 가져와 탄창에 총알을 채워 넣고 있자, 창고에서 헤어졌던 요원들이 한둘씩 들어오기 시작했다.

금방 홀이 사람으로 가득 찼고, 홀에 준비된 탄창을 모두 장전해 개인에게 나누어 주었다.

"처음 보는 사람도 있습니다."

정재현은 모든 준비를 마치고 시간이 되기만 기다리고 있었다.

그런데 총을 정비할 때는 정신이 없어 몰랐는데 홀에는 창고에서 이 지역으로 배정된 인원보다 훨씬 많은 사람이 있었고, 창고에서도 못 본 요원들도 많이 있어 이상해하며 이준식에게 귓속말로 물었다.

"지하동맹에서 온 사람들이다. 이곳 말고도 동대문 상가에도 많은 사람이 모여 있다."

"제국익문사 단독 작전이 아니었습니까? 밀정이라도 있으면 어쩌시려고……."

이번 작전에서 가장 중요한 것은 기밀성이었다.

작전 시작 전까지 일본이 절대 알게 되면 안 되었다.

일본과 지금 제국익문사의 전력을 정상적인 상태로 비교하면 계란으로 바위치기와 다름없는 상황이었다.

어떤 식으로 해도 절대 이길 수 없는 전력 차였다.

하지만 일본 육군이 중국 타통 작전에 몰두하면서 한반도 내에는 거의 군부대가 없었고, 그나마 용산과 라남에 있는 20, 19사단이 병력의 전부였다.

거기다 용산에 있는 부대는 교육을 위한 훈련 부대여서 실제 군인의 숫자는 거의 없었다.

차라리 치안을 유지하는 헌병대가 훨씬 많은 병력을 가지고 있는 수준이었고, 그마저도 5백 명이 채 안 되는 인원이었다.

그래도 제국익문사의 병력은 부족했지만 상대가 알지 못할 때 선제공격으로 빠르게 진행해 이긴다는 전략이라 가능했는데, 외부에 이렇게 많이 알려지면 비밀 작전이 아니게되었다.

이런 것을 잘 알고 있는 정재현은 놀라 이준식에게 물었다.

"이미 2년에 걸쳐 확인한 것이니 너무 걱정하지 말거라. 우리 제국익문사 경성사무소의 요원들이 2년 동안 확인한 사람들이다. 조금이라도 의심점이 있는 사람은 배제했으니, 네가 생각하는 일은 벌어지지 않을 것이야."

"······알겠습니다."

꧁꧂

9월 9일 수요일.

"작전은 기억하고 있지?"

"네, 상임통신원님과 저를 비롯한 열 명은 중앙전신전화국을 점령하고 신경과 동경으로 교란 전보를 보낸다."

같은 8조에 속한 인물 중 저격에 능한 한 명의 조원은 저격조로 빠져나갔다. 대신 이준식이 조로 들어와 8조 열 명은 헌병대가 아닌 중앙전신전화국을 타격 목표로 활동하는 것이었다.

다른 요원들보다 조금 빨리 움직여 전신전화국을 점령하고 경성에서 전투가 일어났음을 알리지 못하게 차단한 후, 전보로 중국 쪽과 일본 쪽의 일본군에게 서로 다른 전보를 보내 전선 상황에 혼란을 주는 게 임무였다.

"그래, 그만하면 됐다."

"그런데 전신전화국을 우리가 타격하는데, 우리가 작전 성공을 알리지 않으면 작전이 성공했음은 누가 알립니까?"

자신의 임무표에 작전 성공을 통신하라는 말이 없어 이상해 이준식에게 물었다.

"이 선은 일본이 사용하는 선이니 사용하지 않고, 경성사

무소의 요원 중에서 일부가 헌병대를 정리하고 나면 경성중
앙방송국을 점령해 단파로 보낼 것이야. 이미 방송국 내에도
지하동맹이 있으니 걱정하지 마라."

"단파는 훨씬 위험한 것이 아닙니까? 라디오만 있으면 들
을 수 있을 텐데요."

"그러니 의심하지 못하겠지. 시간 다 됐다. 준비하자."

정재현은 이준식이 속 시원히 대답해 주지 않아 남아 있는
의문을 가슴에 넣어 놓고, 조원들과 함께 이준식의 뒤를 따
랐다.

아직 폭발은 일어나지 않았으나 전신전화국을 점령하는 8
조는 다른 곳보다 빨리 움직여 빠르게 점령해야 했다.

각자 메고 있는 가방 안에 총과 탄창을 넣고 가슴 쪽 안주
머니에 단칼 하나씩을 품은 상태로 뒷골목으로 나왔다.

헌병대를 기준으로 크게 둘러 헌병 몇 명이 입구와 후문을
지키고 있는 전신전화국 근처에 도착했다.

이미 11시에 가까워져 오는 늦은 시간이라 길거리에는 사
람이 거의 없었고, 음력 7월 29일이라 그믐이 되기 하루 전
이어서 달빛조차 거의 없어 은밀히 움직일 수가 있었다.

"나누자. 터지면 바로 시작한다."

이준식과 조원 네 명은 정문, 정재현과 나석영 그리고 다
른 조원 세 명은 후문으로 가기로 되어 있어 헤어졌다.

후문이 바로 보이는 맞은편 골목의 어둠 속에 숨어 있던

정재현은 조원 중 한 명만이 들고 있는 개런드 소총을 가만히 바라봤다.

골목에서 약간 옆에 가로등이 있어서 골목의 어둠이 훨씬 더해져 밖에서 봐서는 골목 안에 누가 있는지 알 수가 없기에 숨기에는 최적의 장소였다.

개런드 소총을 들고 있는 사람은 나석영이었는데, 그나마 저격병으로 빠진 조원 한 명을 빼고 총을 잘 쏘는 두 명 중 한 명이었다.

나석영은 어둠 속에서 개런드 소총을 후문의 초소에서 근무하고 있는 두 명의 헌병 중 한 명을 조준한 상태로 폭발이 일어나기를 기다렸다.

"다 되어 간다. 준비하자."

정재현이 품속의 시계를 꺼내 후문과 반대쪽으로 다가가 가로등 빛에 시간을 확인하니, 밤 11시가 되기 5분 전이었다.

다시 자리로 돌아와 가방에서 토미건을 꺼냈다.

이미 장전까지 다 되어 있는 상황이라 조정간만 풀어 사용하면 되는 상태였다.

온몸의 긴장감을 모두 높인 상태로 대기했다.

5분밖에 안 되는 시간이었지만, 억겁보다 더 긴 시간이 지나가고 작전이 무언가 잘못되어 폭발이 일어나지 않는 게 아닌가 하고 생각될 정도로 혼란이 와서 시계를 다시 확인하러 가야 하나 생각하고 있을 때, 기다리던 소리가 들렸다.

쾅! 콰콰쾅! 쾅! 쾅! 탕!

한 번의 폭발, 그리고 이어지는 수십 번의 유폭. 마지막으로 눈앞에서 번쩍이는 화염.

찰칵, 탕!

"뛰어!"

눈에서 1미터 정도 떨어져 있던 개런드 소총이 첫 번째 화염을 뿜었을 때, 정재현은 순간 놀라 정신이 없었으나 두 번째 화염이 뿜어지자 바로 정신은 차리고 돌격 명령을 내리며 뛰어갔다.

"사살 완료! 안으로 뛰어!"

손에서 느껴지는 토미건의 손잡이를 더욱 꽉 쥐면서 달릴 때 등 뒤에서 나석영의 목소리가 들렸다.

그의 목소리를 듣고 초소를 보니 이미 두 명의 일본군 헌병들이 쓰러져 보이지 않았고, 총알이 뚫고 들어간 창문은 깨져 있었다.

"수류탄."

이미 역할은 다 정해져 있었기에 뒤에서 들을 수 있게 외치고 후문을 지나쳤다.

후문을 지나쳐 뒷문에 접근하자 문은 굳게 잠겨 있었다.

타타탕! 쾅!

잠겨 있는 후문의 손잡이에 총을 쏜 후 발로 차서 문을 열었다.

정재현이 문을 발로 찰 때 후문 초소에서 또 한 번의 폭발이 일어났으나 정재현은 그런 것에 전혀 신경 쓰지 않고, 중앙전신전화국 건물 안으로 뛰어 들어갔다.

평화롭던, 아니 일본인에게만 평화롭고 조용하던 1942년 9월 9일 수요일의 경성은 순식간에 총소리와 폭발 소리, 비명과 고함에 휩싸였다.

다음 권으로 이어집니다

ROK MEDIA
중걸 신무협 장편소설
일평
본격 실존 무협!
숨겨져 있던 진짜 영웅이 온다!
명明 말, 무적함대로 대해의 해적들을 휩쓴 칠해비룡!
철마류로 천하를 경동시킨 그의 실체가 드러난다!
지각한 부하들 빡 세게 굴리기
과부가 된 상관의 딸 보쌈해서 구해 내기
수많은 무인을 벤 흉적 생포
흉악한 간웅의 마수로부터 복건 무림 구하기
고강한 무공과 원대한 꿍꿍이(?)를 감추고
평범한 척 살아가던 일평
소박하게, 되는대로 살던 그의 삶이
새해를 맞아 모험으로 뒤덮이는데……
사소하고, 괴상하고, 거창한 문제들
무엇이든 상관없다, 일평이 나서면!